N. M. カラムジーン

学問、芸術および啓蒙について

― 考訂定本・翻訳・原典批評 ―

A critique of N.M. Karamzin's
Remarks on the Sciences, Arts and Enlightenment
based on his original editions

杉　山　春　子　編著
Sugiyama Haruko

ナウカ出版
Nauka Publishers Ltd

感佩を表し、

故・木村 彰一先生

故・小野 理子先生

に本書を捧ぐ

目　次

日本の読者諸氏へ

『学問、芸術および啓蒙について』は、1794年にカラムジーン自身で創刊した文学アリマナフ『アグラーヤ』第1巻に掲載され、当時の知的エリートたちの間で大好評を博した作品である。これは、若きカラムジーンが公に行なった最初の社会的・思想的なマニフェストであり、まさにこの作品によってカラムジーンは本格的な評論活動の第一歩を記したのだった。当作品の重要性は、全ヨーロッパに伝播した啓蒙主義、およびフランス革命という歴史的な事件をまえにロシアの知的エリートたちが、どのような時代精神を抱き、ヨーロッパにおける祖国ロシアの歴史的・精神史的な位置づけをどのように思い描いていたかを、カラムジーンが大胆かつ雄弁に代弁しその胸中を披瀝しているという点にある。まさに、若きカラムジーンの文学・思想を根底から支えた世界観と情熱が当作品には横溢しているのである。こうした意味で、一般にロシア・センチメンタリズムの主導者であるカラムジーンが18世紀に全力を傾注して仕上げ、世に問うた国家社会論のテクストの実態を知ることは、現代の読者にとっても興味深いことではないだろうか。本書の目的は、ロシア文学・思想の研究史上、ロシア本国において、きわめて理不尽な政治的な理由で軽視されつづけてきた作品『学問、芸術および啓蒙について』に光を当て、その定本を提供し、当作品の意義を解明することにある。

本書は底本として、カラムジーンが18世紀に最終テクストとして脱稿した版、すなわち、『アグラーヤ』第1巻（初版・1794年）の第2版（1796年）を用いている。『学問、芸術および啓蒙について』は、この第2版の後、カラムジーンが生前に出版した3つの作品集（1803年、1814年、1820年）に掲載された。しかし、18世紀に仕上げられたテクストと19世紀のテクストにはさまざまな変動があり、初版発行年から時代が遠ざかるにしたがい、18世紀のテクストとは明らかに異なる趣を呈している。このため、1796年の版を底本とし1803年版および1820年版のヴァリアントを脚注に表記した。そもそも、近代ロシア文章語の形成期にカラムジーンによって書かれたテクストは、ロシア語史の観点からもさまざまな示唆に富んだものである。したがって、ロシア語の文字表記については、通常、18、19世紀の作品は革命後の正書法やその他の文法規範に則って文字修正されるが、本書では、20世紀のロシア語文法をもってカラムジーンのテクストを部分修正することはできる限り控えた。底本にある文字表記を忠実に再現し、テクストの実態およびテクスト間の変動をつまびらかにすることが定本の使命と考えたからである。翻訳についても、18世紀の決定稿、すなわち、本書に全文掲載する1796年版が底本である。

ところで、読者諸氏はなぜロシア以外の国で21世紀になって、このような定本と原典批評を出版する必要があるのかと不思議に思われるかもしれない。じつは、現在、普及している版はソ連時代にロシア18世紀文学の分野でいわゆる御用研究者として名を馳せたマコゴネンコが中心となって編集・注解をおこなった1964年版と1984年版であり、これらは全体としてイデオロギー的色彩のきわめて濃い定本なのである。実際、1964年版カラムジーン選集の発行準備期にマコゴネンコは、カラムジーンには「貴族文学」・貴族的感傷主義のイデオローグ、保守反動主義、反民主・反革命主義の思想家というレッテルを貼り、「革命家」ラジーシチェフの対極にカラムジーンを位置づけることに成功した*。そして宮廷からは独立した立場で社会的なメッセージを発信する啓蒙主義者としてのカラムジーン像を、無視あるいは極小化するという、ソ連製ロシア文学史観にもとづくカラムジーン過小評価の強力なプロパガンダを展開していた**。この時、後にソ連を亡命することとなるロシア18世紀研究の碩学セルマンが、マコゴネンコの政治的偏向と不当なカラムジーン評価に警鐘を鳴らし、18世紀論集においてマコゴネンコ批判を行なった***にもかかわらず、事態に変化はなかった。

こうした状況のなかで、マコゴネンコ版『学問、芸術および啓蒙について』は、現在も定本として国際的に公認されているカラムジーン作品集(1964)に掲載された。しかし、そのテクストは学問的には容認しがたい改竄、削除の甚だしいもので、ヴァリアントの表記も無い。こうした特徴は、作品の初版は明示するが、定本作成に際して使用した底本は明示しないという欺瞞に満ちた編集方針とともに、この後に発行されたマコゴネンコ版改訂版（1984）にも引き継がれた。さらには、スミルノフ版（1982）と最新の定本と見なされるカラムジーン全集第 17 巻（2008）も、カラムジーン自身が出版したテクストではなく、それぞれ先行して出版されたマコゴネンコ版を底本としている。いっぽう、『アグラーヤ』第 1 巻、第 1 版 (1794) を底本にしたズラタポーリスカヤ版（2005）は、改竄、誤植ともに多く非常に杜撰である。結局、ソ連時代から今日まで学問的信用に値する『学問、芸術および啓蒙について』のテクストは一度も出版されていないのである。****

さて、私は、1964 年発行のマコゴネンコ版以降のすべての版と原典との比較調査を終了したが、改竄や削除については、カラムジーンのオリジナル・テクスト、あるいは本書の定本テクストとソ連やロシアで公刊された『学問、芸術および啓蒙について』を比較していただければ一目瞭然であろう。おそらく、ロシア本国で“一流の研究者”によってなされた作品編集・注解の仕事が、これほどまでに堂々と不正確さと虚偽性の混沌そのものであることに、誰もが当惑するのではないだろうか。しかし、過去の研究者が犯した醜悪な無秩序を正し、ソ連時代から今日に至るまでの御用学者たちの戸籍調べをすることにどれほどの意味があるだろうか。私は、カラムジーンの虚像を巧妙に構築してきた彼らの個々の業績を問題にするつもりはない。それよりも、彼らの長年の禍根が後代に残らぬよう願いつつ、学究としての良心と実証主義の精神をもって、18 世紀の知的エリートたちが心酔したカラムジーンのマニフェストを本書に再現し、これを定本として新たなテクスト解釈を試み、カラムジーンとその時代精神を明らかにしたいと考える。テクストほど雄弁なものはないからである。

*　G.P.Makogonenko, *Radishchev i ego vremia* (Moskva: Khudozhestvennaia Literatura, 1956), pp.522-544.

**　G.P.Makogonenko, 'Russkoe prosveshchenie i literaturnye napravleniia XVIII veka', *Russkaia literatura*, 4 (1959), 23-53.

G.P.Makogonenko, 'Byl li karamzinskii period v istorii russkoi literatupy?', *Russkaia literatura*, 4 (1960), 3-32.

G.P.Makogonenko, 'Literaturnaia pozitsiia Karamzina v XIX veke', *Russkaia literatura*, 1 (1962), 68-106. この論文において、マコゴネンコは「カラムジーンは啓蒙主義者ではなかった」と指摘した。(p.71)

*** I.Z.Serman, 'Tsennoe issledovanie o Radishcheve', in *Vosem'natsatyi vek,* vol.4 (Moskva, Leningrad: Izdatel'stvo Akademii Nauk SSSR, 1959), p.455.

**** 本書の SELECT BIBLIOGRAPHY を参照されたい。

ABSTRACT

Nikolai Karamzin's first substantial essay on civilization "Remarks on the Sciences, Arts and Enlightenment" was published by himself in his own literary almanac *Aglaia* in 1794. This was an extremely eloquent literary manifesto of Russian sentimentalism as well as the most powerful refutation of eighteenth-century Russian journalism against the Counter-Enlightenment. As a result, there was a highly favourable reception from his contemporaries. Nonetheless, until now, his specific reasons have never been clarified, and an attempt to scrutinize the whole text has never been made. On the other hand, as a result of my research, it has become apparent that in the all Soviet-Russian academic standard editions there has hitherto been a number of deletions and alterations to Karamzin's text. Hence, this book necessarily embodies his work with its variants as well as my translation into Japanese and commentary on it. All in all, this project is aimed at examining the complexity of the theoretical-intellectual framework of "Remarks on the Sciences, Arts and Enlightenment", and illuminating the reasons for the unrivalled reputation of this essay; I shall therefore be highlighting the eclecticism of Karamzin's attitude towards Jean-Jacques Rousseau, Charles Bonnet and the leading Encyclopédistes such as d'Alembert and Saint-Lambert.

H.S.

SELECT BIBLIOGRAPHY

The work of Russian sentimentalism: “Remarks on the Sciences, Arts and Enlightenment” was published by Karamzin himself in his almanac *Aglaia,I* (the first edition in 1794, the second edition in 1796). Subsequently, he edited this essay in the collected editions three times (1803, 1814, 1820) over his lifetime.

According to the *Russian Bibliography* (25vols. Imperial Russian Historical Society, 1896-1918; repr. New York: Kraus Reprint, 1962) and *Nikolai Mikhailovich Karamzin: the Bibliography of his works and literature on his life and creation 1883-1993* (1vol. ed. by A.A.Liberman, Moscow: The Oriental Literature, 1999), the three selected editions were published posthumously in 1834-35, 1848 and 1892. Another scholarly edition compiled under the supervision of L.I.Polivanov in 1884 (*Works of Karamzin*, Moscow: M.N.Lavrov Printing House) was widely recognized as the most reliable in the nineteenth century though this edition was not completed and many texts were not printed in their entirety; similarly to this, “Remarks on the Sciences, Arts and Enlightenment” also appeared partially, but with an accurate commentary by Polivanov.

In the twentieth century, there were various kinds of selected editions, the earliest dating from 1964. This was the first academic standard selected edition: *N.M.Karamzin. Selected Works* (2vols. Moscow, Leningrad: The Literary Art) published under the editorship of the Soviet authorities on eighteenth century Russian literature: P.N.Berkov and G.P.Makogonenko. However, concerning the text of “Remarks on the Sciences, Arts and Enlightenment”, there are numerous and significant arbitrary changes to the original; for instance, the deletion of Karamzin's following note which should have been an integral part of the text:

> I (Karamzin-H.S.) speak about the moral truth,
> which Rousseau revealed to us in his own *Emile**.

In terms of Karamzin's remarks, the two successive scholarly editions published in 1982 and 1984 followed the example of Berkov and Makogonenko; the first was *N.M.Karamzin. Selected Essays and Letters* edited by A.F.Smirnov (1vol. Moscow: The Contemporary) and the second was *N.M.Karamzin. Works in 2 vols.* afresh edited by Makogonenko (Leningrad: The Literary Art). Hence, the whole text of Karamzin's essay has hitherto remained not quite accurate in these Soviet scholarly editions; indeed, in none of the editions is there any indication to suggest which original edition by Karamzin was relied on for authority.

From the beginning of the twenty-first century the new magisterial collected works: *N.M.Karamzin* (18vols. ed. by A.M.Kuznetsov, Moscow: Terra) has been published from 1998 to 2009, and his essay has appeared in 2008 (vol.17). However, numerous falsifications have also been left because the Makogonenko's edition (1984) was used as the source, as it was explicitly stated in the editorial note (vol.17, p.650). Another less inaccurate scholarly text of Karamzin's remarks was published by A.A.Zlatopol'skaia in 2005 (*J.-J. Rousseau: pro et contra,* St Petersburg: Russian Christian Humane Academy). Even though it is clearly indicated in the note (p.716) that the source of this text is the first edition of *Aglaia I,* there are still many alterations and misprints of vital significance.

All in all, this kind of comparative research of different texts in different editions has revealed that there are only five scholarly editions of varying accuracy; thus, there is no edition of truly authoritative value. Consequently, this book aims to propose the first scholarly edition of Karamzin's remarks, including textual variants of each text edited in 1796, 1803 and 1820 respectively. Therefore, it is necessary to carry out this procedure in order to put a reasonable but entirely new interpretation on Karamzin's remarks in a fair way.

* N.D.Kochetkova stated erroneously that this annotation was deleted in successive editions by Karamzin after the first edition of *Aglaia,I* (1794), (*The Literature of Russian Sentimentalism*, St Petersburg: Nauka, 1994, p.38). On the contrary, my research shows that its existence can be verified in the second edition of *Aglaia, I* (1796) as well as in the successive edition of 1803. This annotation was deleted only in the edition of 1820.

Haruko Sugiyama

『学問、芸術および啓蒙について』(考訂定本) のための

凡　例

はじめに

ロシア文学、思想、そして言語が急速な近代化プロセスの途上にあった18世紀末に、カラムジーンは『学問、芸術および啓蒙について』のテクストをどのような言語感覚で書いたのだろうか。じつは、ロシア文学・語学の専門家ですら、その答えを見出すことは今日も困難な状況にある。ソ連時代からこの作品の定本とされてきたすべての版において、革命後に施行された新正書法とソ連的なイデオロギー操作に端を発するさまざまな変更が施された結果、芸術作品が本来放つはずの輝きも、テクストの実態も損なわれてしまったのである [*1]。

本書のテクストは、1796年出版の文学アリマナフ『アグラーヤ』第1巻第2版に掲載の『学問、芸術および啓蒙について』を底本とし、1803年版と1820年版のヴァリアントを脚注に記した。このヴァリアント表記法に関しては、校訂編纂に関して定評のあるアーデン版と新ケンブリッジ版のシェイクスピア作品集を参考にした。『学問、芸術および啓蒙について』の上記の版は、カラムジーンが生前自ら校訂と出版を手がけたもので、明らかに異文、異版である。ところが、ソ連時代に定本として出版されたカラムジーン作品集が、「ソ連版異本テクスト」を大量に世に送り出してしまった。したがって、ソ連時代の特殊事情と当時の国文学研究の偏向によって余儀なく変形されたテクストを「考訂」し、カラムジーンの決定稿に遡ることの可能な、しかもある程度、現代表記化された定本をヴァリアントとともに公刊することが望ましいと判断した。「ソ連版異本テクスト」の ― その作品集は現在も流通している ― ヴァリアント表記は割愛させていただいたが、本書に公表するテクストは、「考訂定本」とも言うべきものであろう。

現代表記化に関しては、活字印刷上の制約、および、既刊のカラムジーン・コンコーダンス[*2]との整合性、さらに、現在、他の西洋近代文学の校訂版が原綴りの現代表記化にある程度適応していることを考慮した。本書においても現行の新正書法を適用するよう努めた。しかしながら、原文の格調を保ち、なおかつカラムジーンの言語感覚や文学的感性を理解するために必要と判断される場合には、カラムジーンが脱稿、編集したテクストの実態を最優先した。

さて、本書のテクストには一般の読者の方々には見慣れない語尾変化形も頻出している。しかし、カラムジーンのテクストは近代ロシア文章語の形成期に書かれたものであって、例えば20世紀はじめに日本で発行されたグレーボフの文法書[*3]からも判じられるように、じつは現代ロシア語との差異は僅かなのである。したがって、18世紀の知的エリートが拠り所とした文法規範やカラムジーンの原綴りを尊重したために、作品の読解に支障を来たすことはほとんどないであろう。下記の具体例を参照されたい。

綴り字

I. 本書のテクストにおけるロシア革命後の新正書法と現代後綴り、つまり、現代表記化の基準は次のとおりである。下記、(　) 内に現代表記を示す。

1. 字母の交替（i,ї→и, ѣ→е, ѳ→ф など)、あるいは異形（ѣ→и）など。

例)

абстракція (= абстракция),

музыкѣ (= музыке),

эѳирных (= эфирных),

развѣвает (= развивает)

しかし、ѳ に関してギリシア文明、ユダヤ教、キリスト教固有の名詞、あるいはそれらに関連する語彙については、カラムジーンのギリシア語原綴りを踏襲し、カラムジーンが ф と ѳ を使い分けていることを明確にした。

例)

Аѳинцы

Ѳалесъ

Саваоѳовой

2. — зс — から、— сс — の綴りへの変換。

例)

разсвет (= рассвет)

разстроивают［'о' はカラムジーンの原綴り］(= расстраивают, 現代ロシア語では 'о' は 'а' である)

3. 語末や合成語に付された硬音記号、Ъ の除去。

II. 下記の場合は、18 世紀の文法規範とカラムジーンの原綴りを踏襲した。(　) に現代語表記を示す。その他、本書の考訂テクストにおいて現代語綴りと異なる場合は、カラムジーンの原綴りの再現である。

1. которой (= который) のようにヴァリアント変動のあるものは、すべて原綴りとした。

2. 文学記念碑版『ロシア人旅行者の手紙』[*4]、および、カラムジーン・コンーコーダンス [*5] において原綴りで表記されている単語は本書においても同様の綴りである。

例 1)

ея (= ее),

необыкновенной

(= необыкновенный),

великой (= великий),

итти (= идти),　щастіе (= счастье) など。

例 2)

形容詞および形動詞複数・女性・中性の主格・対格形語尾：—ыя (= -ые) , —ия (= -ие) の常用に関して。

полезныя исскуства

(= полезные исскуства),

старыя летописи

(= старые летописи) ,

сростшияся［‘т’ はカラムジーンの原綴り］ветви

(= сросшиеся ветви) など。

同様に、関係代名詞複数・女性・中性の主格・対格形：

которыя　(= которые)

不定代名詞・複数・女性・中性の主格・対格形：

некоторыя　(= некоторые)　など。

4.『学問、芸術および啓蒙について』の文体的な特徴と言えば、まず、ギリシア・ローマの雄弁術を踏まえて書かれたジャン－ジャック・ルソーの『学問芸術論』(1751) の古風な文体の模倣である。従って、カラムジーンの文体的な配慮 — 音楽的、美学的な意味を含めてのことであるが — を生かすべく、原文における下記のような古スラヴ語系の語尾 (—аго) の常用に関しては原綴りを尊重した。この種の語尾は文学記念碑版『ロシア人旅行者の手紙』では自動的に現代綴りに変換されたことになっているが[*6]、本書の『学問、芸術および啓蒙について』では例外なく原綴りとする。本書で見るとおり、これはカラムジーンが完成原稿を少なくとも 3 回推敲したのちも、そのまま残された語尾である。

例）

形容詞および形動詞単数・男性・中性の生格語尾、関係代名詞単数・男性・中性の生格語尾、指示代名詞単数・男性・中性の生格語尾などで：— аго (= — ого, — его) の常用に関して。

большаго (= большого),

страстнаго (= страстного),

управляющаго (= управляющего),

котораго (= которого), онаго (= оного)

句読点

本書のテクストの句読点は、底本（原本ともいう）どおりとした。執筆、編集、出版を独自で行ったカラムジーンは、コロン、セミコロン、ダッシュ、ピリオド等の用法に相当の注意を払っていた。18 世紀の決定版として重要な 1796 年版と、1803 年版および 1820 版のテクストを照合し、ヴァリアントを表記した。明らかに植字工の誤りと判じられる場合は注で断ることなく修正した。

大文字 / 小文字

大文字、小文字の使い分けに関しても、1796 年版、1803 年版、1820 版のテキストすべてを照合してヴァリアントを表記した。文中の普通名詞の語頭が大文字である場合、作者の意味論的、文体論的な配慮を尊重し、そのとおり表記した。さらに、原文では、完結したセンテンスの直後に、新たなセンテンスが小文字で始まることも稀ではない。カラムジーンの時代の統辞法は比較的自由であり、作者の判断による任意の文体が可能であった。たとえば、文頭の文字が当初、大文字表記であったが、後に小文字表記へ修正されたヴァリアント変動が確認された [*7]。

章分け・段落分け

カラムジーンはテクストの段落間に一種の装飾記号あるいは飾り線を施して章分けをした。こうした章分け、あるいは段落分けについても底本である 1796 年版、および 1803 年版、1820 年版のテキストすべてを照合し、ヴァリアントを表記した。

ヴァリアント表記法

1. ヴァリアント表記の対象となる部分あるいは最終部分の右肩、[ ] 内に番号を付し、脚注にヴァリアントを示した。版は、その出版年の表記をもって示した。
2. 脚注では、] の前にヴァリアントの原形を示し、句読点のヴァリアントの場合は、その直前の単語も表記した。原形の単語が複数あるときは、その一部が点線で略記されることがある。] の後には、該当の出版年、即ち、1796 とページを示した。この後の版においても共通のヴァリアントとなっている場合は、該当する版の出版年とページを併記した。

3. ヴァリアント変動のある場合は、; の後に、ヴァリアントに該当する版の出版年とページを示した。２つの版にわたって共通のヴァリアントとなっている場合は、該当する版の出版年とページを併記した。

4. ヴァリアント変動の結果、刻当する単語が消去されている場合、原則として 'not' と表記し、該当する版の出版年とページを示した。句読点消去の場合は、その直前の単語のみを表記し、該当する版の出版年とページを示した。

*1 本書 SELECT BIBLIOGRAPHY, pp.12~14 参照。

*2 Yasuo Urai, ed. *A Lemmatized Concordance to Letters of a Russian Traveler of N.M.Karamzin* (Sapporo: Hokkaido Univ, 2000)

*3 『露西亜文法』 C．グレーボフ編纂、増訂改版、大倉書店、1917。

*4 Н. М. Карамзин, *Письма русского путешественника.* (Ленинград: Наука, 1984./ N. M. Karamzin, *Pic'ma russkogo puteshestvennika* (Leningrad: Nauka, 1984).

*5 Urai.

*6 Карамзин, с.517./ Karamzin, p.517

*7 本書 p.42 参照。

НЕЧТО О НАУКАХ, ИСКУССТВАХ И[1] ПРОСВЕЩЕНИИ.

Que les Muses, les arts & la philosophie
Passent d'un peuple à l'autre & consolent la vie!

St. Lambert

Был человек — и человек великой, незабвенной в летописях Философии, в истории[2] людей — был человек, которой[3] со всем блеском красноречия доказывал, что просвещение для нас вредно, и что Науки несовместны с добродетелию!

Я чту великия твои дарования, красноречивой Руссо! Уважаю истины, открытыя тобою современникам и потомству*1 — истины, отныне незагладимыя на деках нашего познания — люблю тебя за доброе твое сердце, за любовь твою к человечеству; но признаю мечты твои мечтами, парадоксы парадоксами.—

Вообще рассуждение его о Науках*2 есть, так сказать, логической Хаос, в котором виден только обманчивой[4] порядок или призрак порядка; в котором сияет только *ложное* солнце — так[5] как в Хаосе

[1] И] 1796 p.33, 1803 p.25 ; и 1820 p.18.

[2] истории] 1796 p.33, 1803 p.25 ; Истории 1820 p.18.

[3] которой] 1796 p.33, 1803 p.25 ; который 1820 p.19.

[4] обманчивой] 1796 p.34, 1803 p.26 ; обманчивый 1820 p.19.

[5] так] 1796 p.34, 1803 p.26 ; not in 1820 p.19.

творения, по описанию одного Поэта — и день с ночью непосредственно, то есть без утра и вечера, соединяются. Оно есть собрание противоречий и софизмов, предложенных — в чем надобно отдать справедливость Автору — с довольным[1] искусством.

"Но Жан-Жака нет уже на свете: на что[2] беспокоить прах его?" — Творца нет на свете, но творение существует; невежды читают оное[3]— самые те, которые ничего более не читают — и под Эгидою славнаго Женевскаго Гражданина злословят просвещение. Естьли бы небесный Юпитер отдал им на время гром свой, то великолепное здание Наук в одну минуту превратилось бы в пепел.

Я осмеливаюсь предложить некоторыя примечания, некоторыя мысли свои о сем важном предмете. Они не суть плод глубокаго размышления;[4] но первыя, так сказать, идеи, возбужденныя чтением Руссова творения*3.

* [5]

Со времен Аристотелевых твердят ученые[6], что

---

[1] довольным] 1796 p.34, 1803 p.27 ; немалым 1820 p.19.

[2] на что] 1796 p.34, 1803 p.27 ; начто 1820 p.19.

[3] оное] 1796 p.34 ; его 1803 p.27, 1820 p.19.

[4] размышления;] 1796 p.35 ; размышления, 1803 p.27, 1820 p.19.

[5] *] 1796 p.35 ; the author leaves a line break '——' 1803 p.28, 1820 p.19.

[6] ученые] 1796 p.35, 1803 p.28 ; Ученые 1820 p.20.

надобно определять вещи, когда желаешь говорить об них,[1] и говорить основательно. Дефиниции[2] служат Фаросом в путях умствования — Фаросом, которой[3] беспрестанно должен сиять пред глазами нашими, естьли мы не хотим с прямой черты своротиться. Руссо пишет о Науках, об Искусствах, не сказав, что суть Науки, что Искусства. Правда, естьли бы он определил их справедливо, то все главныя идеи трактата его — поднялись бы на воздух и рассеялись в дым, как пустые фантомы и чада Химеры;[4] то есть, трактат его остался бы в туманной области небытия — а Жан-Жаку непременно хотелось бранить ученость и просвещение. Для чего же? Может быть для странности; для того, чтобы удивить людей, и показать свое отменное остроумие: суетность, которая бывает слабостию и самых великих умов! —

Не смотря на разные классы Наук, несмотря на разныя имена их, они суть ничто иное, как[5] *познание Натуры и человека, или система сведений и умствований, относящихся к сим двум предметам*[*4].

От чего произошли они? — От любопытства,

---

[1] них,] 1796 p.35, 1803 p.28 ; них 1820 p.20.

[2] Дефиниции] 1796 pp.35-36, 1803 p.28 ; Дефиниции или определения 1820 p.20.

[3] которой] 1796 p.36, 1803 p.28 ; который 1820 p.20.

[4] Химеры;] 1796 p.36, 1803 p.29 ; Химеры: 1820 p.20.

[5] ничто иное, как] 1796 p.36 ; ни что иное, как 1803 p.29 ; не что иное, как 1820 p.21.

которое есть одно из сильнейших побуждений души человеческой;[1] любопытства, соединеннаго с разумом.

Доброй Руссо! ты, которой[2] всегда хвалишь мудрость Природы, называешь себя другом ея и сыном, и хочешь обратить людей к ея простым, спасительным законам! скажи, не сама ли Природа вложила в нас сию живую склонность ко знаниям? Не она ли приводит ее в движение своими великолепными чудесами, столь изобильно вокруг нас рассеянными? Не она ли призывает нас к Наукам? — Может ли человек быть бесчувствен,[3] тогда, когда громы Натуры гремят над его головою, когда страшные огни ея пылают на горизонте и рассекают небо; когда моря ея шумят и ревут в необозримых своих равнинах,[4] когда она цветет перед ним в зеленой одежде своей,[5] или сияет в злате блестящих плодов, или, как будто бы утружденная великолепием своих феноменов, облекается в черную ризу осени, и погружается в зимний сон под белым кровом снегов своих?

Обратимся во тьму прошедшаго; углубимся в бездну минувших веков, и вступим в те, давно истлевшие леса, в которых человечество, по словам

---

[1] человеческой;] 1796 p.37 ; человеческой: 1803 p.30, 1820 p.21.

[2] которой] 1796 p.37, 1803 p.30 ; который 1820 p.21.

[3] бесчувствен,] 1796 p.37 ; бесчувствен 1803 p31, 1820 p21.

[4] равнинах,] 1796 p.38 ; равнинах; 1803 p.31, 1820 p.22.

[5] своей,] 1796 p.38 ; своей 1803 p.31, 1820 p.22.

твоим, о Руссо! блаженствовало в физическом и моральном[1] мерцании; устремим взор наш на юнаго сына Природы, там живущаго: мы увидим, что и он не только о физических потребностях думает; что и он имеет душу, которая требует себе не телесной пищи. Сей дикой взирает с удивлением на картину Натуры; око его обращается от предмета к предмету — от заходящаго солнца на восходящую луну, от грозной скалы, опеняемой валами, на прекрасной ландшафт, где ручейки журчат в серебряных нитях, где свежие цветы пестреют и благоухают. Он в тихом восхищении пленяется естественными красотами, иногда нежными и милыми, иногда страшными;[2] впивает их, так сказать, в свое сердце всеми чувствами и наслаждается без насыщения. Все для него привлекательно; все хочет он видеть и осязать в нервах своих; спешит к отдаленнейшему, ищет конца горизонту,[3] и не находит его — небо во все стороны над ним разливается — Природа вокруг его необозрима, и сим величественным образом беспредельности вещает ему: *нет пределов твоему любопытству и наслаждению!* — Таким образом собирает он бесчисленныя идеи или чувственныя понятия, которыя суть ничто иное, как[4] непосредственное отражение предметов, и которыя носятся сначала в душе его без всякаго порядка; но

---

[1] моральном] 1796 p.38 ; душевном 1803 p.31, 1820 p.22.

[2] страшными;] 1796 p.39 ; страшными: 1803 p.32, 1820 p.22.

[3] горизонту,] 1796 p.39 ; горизонту 1803 p.32, 1820 p.23.

[4] ничто иное, как] 1796 p.39, 1803 p.33 ; не что иное, как 1820 p.23.

скоро пробуждается в ней та удивительная сила или способность, которую называем мы разумом, и которая ждала только чувственных впечатлений, чтобы начать свои действия. Подобно лучезарному солнцу освещает она Хаос идей, разделяет и совокупляет их, находит между ими различия и сходства, отношения, частное и общее, и производит идеи особливаго рода, идеи отвлеченныя, которыя собственно[1] составляют *знание**5, составляют уже *науку* — сперва Науку Природы, внешности, предметов; а по том[2], через разныя отвлечения, достигает человек и до понятия о самом себе, обращается от чувствований к чувствующему, и, не будучи Декартом, говорит: cogito, ergo sum — *мышлю, следственно существую**6 ; *что ж я*?.. Вся наша Антропология есть ничто иное, как[3] ответ на сей вопрос — —

И таким образом можно сказать, что Науки были прежде Университетов, Академий, Профессоров, Магистеров, Бакалавров. Где Натура, где человек, там учительница, там ученик — там Наука.

Хотя первыя понятия диких людей были весьма недостаточны, но они служили основанием тех великолепных знаний, которыми украшается век наш; они были первым шагом к великим открытиям Невтонов и Лейбницев — так оный[4] источник, едва,

---

[1] собственно] 1796 p.40 ; not in 1803 p.33, 1820 p.23.

[2] по том] 1796 p.40, 1803 p.34 ; потом 1820 p.24.

[3] ничто иное, как] 1796 p.40, 1803 p.34 ; не что иное, как 1820 p.24.

[4] оный] 1796 p.41, 1803 p.35 ; not in 1820 p.24.

едва журчащий под сению ветвистаго дуба, мало по малу расширяется, шумит, и наконец образует величественную Волгу.

Кто же, описывая дикаго или естественнаго человека, представляет его невнимательным, нелюбопытным, живущим всегда в одной сфере чувственных впечатлений, без всяких отвлеченных идей — думающим только об утолении голода и жажды, и проводящим большую часть времени во сне и бесчувствии — одним словом, зверем: тот сочиняет роман, и описывает человека, которой[1] совсем не есть человек. Ни в Африке, ни в Америке не найдем мы таких бессмысленных людей. Нет! и Готтентоты любопытны; и Кафры стараются умножать свои понятия; и Караибы имеют отвлеченные идеи, ибо у них есть уже язык, следствие многих умствований и соображений*7. — Или пусть младенец будет нам примером юнаго человечества, младенец, котораго душа чиста еще от всех наростов, несвойственных ея натуре! Не примечаем ли в нем желания знать все, что представляется глазам его? Всякой шум, всякой необыкновенной[2] предмет не возбуждает ли его внимания? — В сих первых движениях души видит Философ определение человека; видит, что мы сотворены для *знаний*, для *науки*.

---

[1] которой] 1796 p.41, 1803 p.35 ; который 1820 p.25.

[2] необыкновенной 1796 p.42, 1803 p.36 ; необыкновенный 1820 p.25.

*[1]

Что суть Искусства? — *Подражание Натуре.* Густыя, сростшияся ветьви были образцом первой хижины и основанием Архитектуры; ветер, веявший в отверстие сломленной трости, или на струны лука, и поющия птички научили нас музыке — тень предметов рисованью и живописи. Горлица, сетующая на ветви об умершем дружке своем, была наставницею перваго Элегическаго Поэта*8; подобно ей хотел он выражать горесть свою, лишась милой подруги — и все песни младенчественных народов начинаются сравнением с предметами или действиями Натуры.

Но что ж заставило нас подражать Натуре, то есть что произвело Искусства? *Природное* человеку стремление к улучшению бытия своего, к умножению жизненных приятностей. От перваго шалаша до Луврской колонады, от первых звуков простой свирели до симфоний Гайдена[2], от перваго начертания дерев до картин Рафаэлевых, от первой песни дикаго до Поэмы Клопштоковой, человек следовал сему стремлению.[3] Он хочет жить *покойно*: раждаются так называемыя *полезныя искусства*; возносятся здания, которыя защищают его от свирепости стихий. Он хочет жить *приятно*: являются так называемыя *изящныя*

---

[1] *] 1796 p.42 ; the author leaves a line break'——' 1803 p.37, 1820 p.25.

[2] Гайдена] 1796 p.44, 1803 p.39 ; Гаидена 1820 p.27.

[3] стремлению] 1796 p.44 ; стремлению. 1803 p.39, 1820 p.27.

искусства, которыя усыпают цветами жизненный путь его.

*[1]

И так Искусства и Науки *необходимы*: ибо они суть плод природных склонностей и дарований человека, и соединены с существом его, подобно как действие соединяется[2] с причиною, то есть[3] союзом неразрывным. Успехи их показывают, что духовная натура наша в течение времен, подобно как злато в горниле, очищается и достигает большаго совершенства; показывают великое наше преимущество пред всеми иными животными, которыя от начала мира живут в одном круге чувств и мыслей, между тем как люди беспрестанно его распространяют, обогащают, обновляют.

Я помню — и всегда буду помнить — что добрейший и любезнейший из наших Философов, великой Боннет, сказал мне однажды на берегу Женевскаго озера, когда мы, взирая на заходящее солнце, на златыя струи Лемана, говорили об успехах человеческаго разума. "Мой друг! "... сим именем

---

[1] *] 1796 p.44 ; the author leaves a line break '——' 1803 p.39, 1820 p.27.

[2] действие соединяется] 1796 p.44, 1803 pp.39-40 ; действия соединяются 1820 p.27.

[3] есть] 1796 p.44, 1803 p.40 ; есть, 1820 p.27.

называет Боннет*9 всех тех, которые приходят к нему с любовью к истине... “мой друг! размышляющий человек может и должен надеяться, что в последствии веков объяснится весь мрак в путях Философии, и заря наших смелейших предчувствий будет некогда солнцем у в е р е н и я[1]. Знания разливаются как волны морския; необозримо их пространство; никакое острое зрение не может видеть отдаленнаго берега — но когда явится он утружденному взору мудрецов; когда мы узнаем все, что в странах подлунных знать можно: тогда — может быть — исчезнет мир сей подобно волшебному замку, и человечество вступит в другую сферу жизни и блаженства”. — Небесный свет сиял в сию минуту на лице Женевскаго Философа, и мне казалось, что я слышу глас пророка.

Так![2] Искусства и Науки неразлучны с существом нашим — естьли бы какой нибудь дух тьмы мог теперь в одну минуту истребить все плоды ума человеческаго, жатву всех прошедших веков: то потомки наши снова найдут потерянное, и снова воссияют Искусства и Науки как лучезарное солнце на земном шаре. Драгоценное собрание знаний, по воле гнуснаго варвара, было жертвою пламени в Александрии; но мы знаем теперь то, чего ни Греки ни Римляне не знали. Пусть новый Омар, новый Амру, факелом Тизифоны превратит в пепел все

---

[1] у в е р е н и я] 1796 p.46 ; уверения 1803 p.41, 1820 p.28.

[2] Так!] 1796 p.46 ; Так, 1803 p.41, 1820 p.29.

наши книгохранилища! В течение грядущих времен родятся новые Баконы, которые положат новое, и может быть еще твердейшее основание храма Наук; родятся новые Невтоны, которые откроют законы всемирнаго движения; новой[1] Локк изъяснит человеку разум человека; новые Кондильяки, новые Боннеты силою ума своего оживят статую*10, и новые Поэты воспоют красоту Натуры, человека и славу Божию: ибо все то, чему мы удивляемся в книгах, в музыке, на картинах, все то излилось из души нашей, и есть луч божественнаго света ея, произведение великих ея способностей, которых никакой Омар, никакой Амру не может уничтожить. Перемените душу, вы ненавистники просвещения! или никогда, никогда не успеете в человеколюбивых своих предприятиях; и никогда Прометеев огонь на земле не угаснет!

* [2]

Заключим: естьли Искусства и Науки в самом деле зло, то они *необходимое* зло, — зло, истекающее из самой натуры нашей[3]; зло, для котораго Природа сотворила нас. Но сия мысль не возмущает ли сердца? Согласна ли она с благостию Природы,

---

[1] новой] 1796 p.47, 1803 p.42 ; новый 1820 p.30.

[2] *] 1796 p.48 ; the author leaves no break in 1803 p.43, 1820 p.30.

[3] самой натуры нашей] 1796 p.48, 1803 p.43 ; самаго естества нашего 1820 p.30.

с благостию Творца нашего? Мог ли Всевышний произвести человека с любопытною и разумною душею, когда плоды сего любопытства и сего разума долженствовали быть пагубны для его спокойствия и добродетели? Руссо! я не верю твоей системе.

Науки портят нравы, — говорит он: *наш просвещенной*[1] *век служит тому доказательством.*

Правда, что осьмойнадесять век просвещеннее всех своих предшественников; правда и то, что многие пишут на него сатиры; многие, кстати и не кстати, восклицают: о tempora! о mores! *о времена! о нравы!* многие жалуются на разврат, на гибельные пороки наших времен — но много ли Философов? много ли размышляющих людей? много ли таких, которые проницают взором своим во глубину нравственности, и могут справедливо судить о ея феноменах[2]? Когда нравы были лучше нынешних? Не уже ли в течение средних веков, тогда, когда грабеж, разбой и убийство почитались самым обыкновенным явлением? Пусть заглянут в старыя, так называемыя *монастырския летописи*[3], и сличат их с историею наших времен! — Нам будут говорить о Сатурновом веке, о[4] щастливой Аркадии... Правда, сия вечно-цветущая страна, под

---

[1] просвещенной] 1796 p.48, 1803 p.44 ; просвещенный 1820 p.31.

[2] о ея феноменах] 1796 p.49 ; о феноменах ея 1803 p.45, 1820 p.31.

[3] старыя, ... летописи] 1796 p.49 ; старыя летописи 1803 p.45, 1820 p.31.

[4] о] 1796 p.49 ; not in 1803 p.45, 1820 p.31.

благим, светлым небом, населенная простыми, добродушными пастухами, которые любят друг друга как нежные братья, не знают ни зависти ни злобы, живут в благословенном согласии, повинуются одним движениям своего сердца, и блаженствуют в объятиях любви и дружбы, есть нечто восхитительное для воображения чувствительных людей; но — будем искренны, и признаемся, что сия щастливая страна есть ничто иное, как[1] приятной сон, как восхитительная мечта сего самого воображения. По крайней мере никто еще не доказал нам исторически, чтобы она когда нибудь существовала. Аркадия Греции не есть та прекрасная Аркадия, которою древние и новые Поэты прельщают наше сердце и душу.

J'ouvre les fastes: sur cet âge
Partout je trouve des regrets;
Tous ceux qui m'en offrent l'image,
Se plaignent d'être nés après.

Самыя отдаленнейшия времена, освещаемыя факелом Истории — времена, в которыя Искусства и Науки были еще, так сказать, в бессловесном младенчестве — не представляют ли нам пороков и злодеяний? Сам ты, о Руссо! животворною своею кистию изобразил одно из сих страшных происшествий

[1] ничто иное, как] 1796 p.50, 1803 p.46 ; не что иное, как 1820 p.32.

древности, которыя возмущают всякое чувство*11, [1] и показывают, что сердце человеческое осквернялось тогда самым гнуснейшим развратом.

Ты обвиняешь век наш утонченным лицемерием, притворством; но от чего же порок старается ныне скрывать себя под маскою[2] добродетели более, нежели когда нибудь? Не от того ли, что в нынешния времена гнушаются им более, нежели прежде? Самое сие относится к чести наших нравов; и естьли мы обязаны тем просвещению, то оно благотворно и спасительно для морали[3]. Иначе можно будет доказать, что и добродетель развращает людей, заставляя порочнаго лицемерить;[4] ибо никогда не имеет он такой нужды притворяться добрым, как в присутствии добрых. — Вообразим двух человек, которые оба злонравны, но с тем различием, что один явно предается своим склонностям, и следственно не стыдится их, — а другой таит оныя, и следственно сам чувствует, что они не похвальны: кто из них ближе к исправлению? Конечно последний;[5] ибо первой[6] шаг к добродетели, как говорят древние и новые Моралисты, есть познание гнусности порока.

---

[1] ,] 1796 p.51 ; not in 1803 p.47, 1820 p.32.

[2] маскою 1796 p.51 ; личною 1803 p.47, 1820 p.33.

[3] морали] 1796 p.51 ; Морали 1803 p.47 ; нравов 1820 p.33.

[4] лицемерить;] 1796 p.51, 1803 p.48 ; лицемерить: 1820 p.33.

[5] последний;] 1796 p.52, 1803 p.48 ; последний: 1820 p.33.

[6] первой] 1796 p.52, 1803 p.48 ; первый 1820 p.33.

Мысль, что во времена невежества не могло быть столько обманов, как ныне, для того что люди не знали никаких тонких хитростей, есть совершенно ложная. Простые так же друг друга обманывают, как и хитрые:[1] первые грубым образом, а вторые искусным — ибо мы не можем быть ни равно просты, ни равно хитры. Вспомним[2] жрецов идолопоклонства: они были конечно не ученые[3], не мудрецы, но умели ослеплять людей, — и кровь человеческая лилась на жертвенниках.

Сия учтивость, сия приветливость[4] сия ласковость, которая свойственна нашему времени преимущественно перед всеми прочими,[5] и которую новые Тимоны*12 называют сусальным золотом осьмагонадесять века, в глазах Философа есть истинная добродетель общежития и следствие утонченнаго человеколюбия. Не спорю, что отереть слезы беднаго, отвратить грозную бурю от своего брата, гораздо похвальнее и важнее, нежели прилас-кать человека добрым словом или улыбкою; но все то, чем мы можем доставить друг другу невинное удовольствие, есть должность наша — и кто хотя одну минуту

---

[1] хитрые:] 1796 p.52 ; хитрые; 1803 p.49 ; хитрые: 1820 p.34.

[2] Вспомним] 1796 p.52, 1803 p.49 ; Вспомнем 1820 p.34.

[3] ученые] 1796 p.52, 1803 p.49 ; Ученые 1820 p.34.

[4] приветливость] 1796 p.52 ; приветливость, 1803 p.49, 1820 p.33.

[5] преимущественно ... прочими,] 1796 p.53, 1803 p.49 ; not in 1820 p.34.

жизни сделал для меня приятною, тот есть мой благодетель. Мудрая, любезная Натура не только дает нам пищу; она производит еще и алую розу,[1] и белую лилию, которыя не нужны для нашего физическаго существования — но они приятны для обоняния, для глаз наших, и Натура производит их. Учтивость, приветливость есть цвет общежития.

*[2]

Спартанцы не знали ни Наук, ни Искусств — говорит наш *Мизософ — и были добродетельнее прочих Греков, — и были непобедимы. Когда невежество царствовало в Риме, тогда Римляне повелевали миром; но Рим просветлился, и северные варвары наложили на него цепи рабства**13.

Вопервых Спартанцы не были такими невеждами и грубыми людьми, какими хочет их описывать Женевской Гражданин. Они не занимались ни Астрономиею, ни Метафизикою, ни Геометриею;[3] но у них были другия Науки,[4] и самыя Изящныя Искусства. Они имели свою Мораль[5], свою Логику,

---

[1] розу,] 1796 p.53, 1803 p.50 ; розу 1820 p.35.

[2] *] 1796 p.54 ; the author leaves a line break '——' 1803 p.50, 1820 p.35.

[3] Геометриею;] 1796 p.54 ; Геометриею: 1803 p.51, 1820 p.35.

[4] Науки,] 1796 p.54, 1803 p.51 ; Науки 1820 p.35.

[5] свою Мораль] 1796 p.54, 1803 p.51 ; свое Нравоучение 1820 p.35.

свою Реторику, хотя учились им не в Академиях, а на лобном месте[1] — не от Профессоров, а от своих Эфоров. Не священная ли Поэзия приготовила сих Республиканцев к Ликурговым уставам? Песнопевец Ѳалес*14 был предтечею сего законодателя; явился в Спарте с златострунною лирою, воспел щастие мудрых законов, благо согласия, и восхитил сердца слушателей. Тогда пришел Ликург, и[2] Спартанцы приняли его как друга богов и человеков, котораго устами вещала истина и мудрость. Во время второй Мессенской войны повелевал Лакедемонцами Аѳинской Поэт Тиртей; он пел, играл на арфе, и воины его, как яростные вихри, стремились на брань и смерть: доказательство, что сердца их отверзались *впечатлениям изящнаго*, чувствовали в истине красоту и в красоте истину! —У них были и собственные свои Поэты, на прим. Алкман, которой "всю жизнь свою посвящал любви, и во всю жизнь свою воспевал любовь";[3] были музыканты и живописцы — первые гармониею струн своих возбуждали в них ревность геройства; кисть вторых изображала *красоту* и *силу*, в виде Аполлона и Марса, чтобы Спартанки, обращая на них взоры свои, раждали Аполлонов и Марсов — были и Риторы, которые в собраниях народа, или на печальных празднествах,

---

[1] лобном месте] 1796 p.54, 1803 p.51 ; площадях 1820 p.36.

[2] и] 1796 p.55, 1803 p.52 ; not in 1820 p.36.

[3] любовь";] 1796 p.55, 1803 p.52 ; любовь;" 1820 p.36.

учрежденных в память Павзанию и Леониду, убеждали и трогали сограждан своих — на прим. самые Аθинцы удивлялись красноречию Спартанца Бразида, и сравнивали его с лучшими из Греческих Ораторов. Законы Лакедемонские не запрещали наслаждаться Изящными Искусствами, но не терпели их злоупотребления. Для сего-то Эфоры не позволяли гражданам своим читать соблазнительных творений Сатирика Архилоха; для сего-то велели они молчать лире одного музыканта, которой[1] нежною, томною игрою вливал яд сладострастия в души воинов; для сего-то выгнали они из Спарты того Ритора, которой[2] хотел говорить о всех предметах с равным искусством и жаром. Истинное красноречие, одушевленное правдою, на правде основанное, было им любезно — ложное, софистическое, ненавистно. Теория Морали их[3] поставлялась в пример ясной краткости, силы и убедительности, так что многие Философы древности —[4] на прим. Θалес, Питтак и другие —[5] заимствовали от них методы своего нравственнаго учения.

Во вторых — точно ли Спартанцы были добродетельнее прочих Греков? Не думаю. Там, где в забаву

---

[1] которой] 1796 p.56, 1803 p.53 ; который 1820 p.37.

[2] которой] 1796 p.56, 1803 p.54 ; который 1820 p.37.

[3] Теория Морали их] 1796 p.57, 1803 p.54 ; Их теория нравственности 1820 p.37.

[4] древности—] 1796 p.57, 1803 p.54 ; древности, 1820 p.37.

[5] другие—] 1796 p.57 ; другие, 1803 p.54, 1820 p.37.

убивали бедных невольников, как диких зверей; где тирански умерщвляли слабых младенцев, для того,[1] что Республика не могла надеяться на силу руки их — там, следуя общему человеческому понятию, не льзя искать нравственнаго совершенства. Естьли древние[2] говорили, что "самый Спартанский воздух вселяет[3] кажется, ἀρετήν", [4] то под сим словом разумели они не то, что мы разумеем ныне под именем *добродетели*, vertu, Tugend, а *мужество* или *храбрость**15, которая только по своему употреблению бывает добродетелию. Спартанцы были всегда храбры, но не всегда добродетельны. Леонид и друзья его, которые принесли себя в жертву отечеству, суть мои Герои, истинновеликие мужи, полубоги; без слез не могу я думать о славной смерти их при Термопилах — но когда питомцы Ликурговых законов лили кровь человеческую для того, чтобы умножить число своих невольников и поработить слабейшия Греческия области: тогда храбрость их была злодейством — и я радуюсь, что великой Эпаминонд смирил гордость сих Республиканцев, и с надменнаго чела их сорвал лавр победы.

Аθины — просвещенныя Аθины[5], где, так

---

[1] того,] 1796 р.57 ; того 1803 р.54, 1820 р.38.

[2] древние] 1796 р.57, 1803 р.55 ; Древние 1820 р.38.

[3] вселяет] 1796 р.57, 1803 р.55 ; вселяет, 1820 р.38.

[4] ἀρετήν",] 1796 р.57 ; *Аретин*", 1803 р.55 ; *Аретин*," 1820 р.38.

[5] Аθины — просвещенная Аθины] 1796 р.58, 1803 р.56 ; Просвещенныя Аθины 1820 р.39.

сказать, возрастали все наши Искусства и Науки — Аθины производили также своих Героев, которые в великодушии и храбрости не уступали Лакедемонским. Θемистокл, Аристид, Фокион! кто не удивляется вашему величию? Вы сияете в Истории человечества как благодетельныя светила — и вечно сиять будете! — Сам божественный Сократ, первый из мудрецов древности, был храбрый воин; от высочайших умозрений Философии летел он в[1] поле брани,[2] умирать за любезныя Аθины — и я не знаю, кто более имеет причин любить и защищать свое отечество, сын Софронисков, или какой нибудь Абдерит: первой[3] наслаждается в нем всеми благами жизни, цветами Природы, Искусства, самим собою, своим человечеством, силами и способностями души своей; а второй в благословенной Абдере — *живет,* и более ничего. Для кого страшнее узы варваров? Сократ, сражаясь за Аθины, сражается за место своего щастия, своих удовольствий, которыя вкушал он в садах Философских, в беседе друзей и мудрецов — Абдерит и под игом Персидским может быть Абдеритом*16.

Что принадлежит до Рима, то Науки не могли быть причиною его падения, когда Сципионы посвящали им все свободные часы свои и были

---

[1] в] 1796 p.59 ; на 1803 p.56, 1820 p.39.

[2] брани,] 1796 p.59, 1803 p.56 ; брани 1820 p.39.

[3] первой] 1796 p.59 ; первый 1803 p.57, 1820 p.39.

— Сципионами; когда Катон, умирая вместе с Республикою, в последнюю ночь жизни своей читал Платона; когда Цицерон, ученейший Римлянин своего времени, презирал опасность и гремел против Катилины. Сии Герои были питомцы Наук, и притом Герои; более таких мужей, и Рим бессмертен в своем величии!

Я согласен, что чрезмерная роскошь, которая царствовала наконец в Риме, была пагубна для Республики;[1] но какую связь имеет роскошь с Науками? Сия политическая и нравственная язва перешла в Рим из стран Азиатских, вместе с великим богатством, которое бывает ея источником и пищею. Чем же обогатились потомки Ромуловы? Конечно не Науками, но завоеваниями — и таким образом причина славы их сделалась наконец причиною их погибели.

Успех самых *приятных искусств* нимало не зависит от богатства. Поэт, живописец, музыкант, имеют ли нужду в Моголовых сокровищах,[2] для того, чтобы сочинить бессмертную поэму[3], написать изящную картину, очаровать слух наш сладкими звуками? Потребны ли сокровища и для того, чтобы наслаждаться великими произведениями Искусств? Для перваго нужны таланты, для втораго потребен

---

[1] Республики;] 1796 p.60, 1803 p.58 ; Республики: 1820 p.40.

[2] сокровищах,] 1796 p.61, 1803 p.59 ; сокровищах 1820 p.41.

[3] поэму] 1796 p.61 ; Поэму 1803 p.59, 1820 p.41.

вкус: и то и другое есть особливый дар Неба, которой[1] не в мрачных недрах земли хранится, и не с золотым песком приобретается*17.

И кто имеет более алчности к богатству, просвещенный человек или невежда? Человек[2] с дарованиями или глупец? Философ ценит умозрения свои дороже золота. Архимед не взял бы миллионов за ту минуту, в которую воскликнул он: *Эврика! нашел! нашел!* Камоэнс не думал о своем имении, когда тонул корабль его; но[3] бросившись в море, держал он в правой руке Лузиаду. Сии отменные люди находят в самих себе источник живейших удовольствий — и по тому самому богатство не может быть их идолом.

* [4]

Но сколько заблуждений в Науках! Правда, для того, что они несовершенны; но предмет их есть *истина*. Заблуждения в науках суть, так сказать, чуждые наросты, и рано или поздно исчезнут. Они подобны тем волнистым облакам, которыя в час утра показываются на востоке, и бывают предтечами златаго солнца. Из темной сени невежества должно

---

[1] которой] 1796 p.61, 1803 p.59 ; который 1820 p.41.

[2] Человек] 1796 p.62 ; человек 1803 p.60, 1820 p.42.

[3] но] 1796 p.62 ; но, 1803 p.61, 1820 p.42.

[4] *] 1796 p.62 ; the author leaves a line break '——' 1803 p.61, 1820 p.42.

итти к светозарной истине сумрачным путем сомнения, чаяния и заблуждения; но мы придем к прелестной богине, придем, несмотря на все препоны, и в ея эфирных объятиях вкусим небесное блаженство. Высочайшая Премудрость не хотела нас удалить от нее сими различными затруднениями, ибо мы можем преодолеть их, и сражаясь с оными[1] чувствуем некоторую радость во глубине сердец своих: верный знак того, что действуем согласно с нашим определением![*18] Кажется, будто Натура, скрывая иногда истину — по словам Философа Демокрита — *на дне глубокаго кладезя*, хочет единственно того, чтобы мы долее наслаждались приятным исканием, и тем живее чувствовали красоту ея. Так нежная Дафна бежит и скрывается от страстнаго Палемона, единственно для того, чтобы еще более воспалить жаркую любовь его!

*[2]

Науки с Искусствами вредны и по тому[3] — продолжает их славный Антагонист — *что мы тратим на них драгоценное время* ; но как же, уничтожив все Науки и все Искусства, будем употреблять его?

---

[1] оными] 1796 p.63 ; оными, 1803 p.62, 1820 p.43.

[2] *] 1796 p.64 ; the author leaves a line break '——' 1803 p.63, 1820 p.43.

[3] *по тому*] 1796 p.64 ; *потому* 1803 p.63, 1820 p.44.

На земледелие, на скотоводство? Правда, что земледелие и скотоводство всего нужнее для нашего существования; но можем ли занять оными[1] все часы свои? Что станем мы делать в те мрачные дни, когда вся Природа сетует и облекается в траур; когда северные ветры обнажают рощи, пушистые снега усыпают железную землю, и дыхание хлада замыкает двери жилищ наших; когда земледелец и пастух со вздохом оставляют поля, и заключаются в своих хижинах? Тогда не будет уже книг, благословенных книг, сих верных, милых друзей, которые доселе услаждали для нас печальную осень и скучную зиму, то обогащая душу великими истинами Философии, то извлекая слезы чувствительности из глаз наших трогательными повествованиями. Священная небесная Меланхолия, мать всех бессмертных произведений ума человеческаго! ты будешь чужда хладному нашему сердцу; оно забудет тогда все благороднейшия свои движения, и сие пламя всемирной любви, которое развивают в нем творения истинных мудрецов и друзей человечества, подобно угасающей лампаде блеснет — и померкнет!.. Руссо! Руссо! память твоя теперь любезна человекам; ты умер, но дух твой живет в Эмиле, но сердце твое живет в Элоизе — и ты восставал против Наук, против Словесности! и ты проповедывал щастие невежества, славил бессмыслие, блаженство зверской жизни! ибо

---

[1] оными] 1796 p.65 ; ими 1803 p.64, 1820 p.44.

что иное как не зверь есть тот человек, которой[1] живет только для удовлетворения своих физических потребностей[2]? Не уже ли скажут нам, что он, удовлетворяя сим потребностям, спокоен и щастлив? Ах, нет! на златом диване и в темной хижине он беден и злополучен; на златом диване и в темной хижине чувствует он вечной[3] недостаток, вечную скуку. Один, чтобы наполнить сию мучительную пустоту сердца, выдумывает тысячу мнимых нужд, тысячу мнимых потребностей жизни*19; другой, угнетаемый бременем мысленной силы своей, ищет облегчения в совершенном забвении самого себя, или прибегает к ужасному распутству. — Так конечно! человек носит в груди своей пламенную Этну[4]: живое побуждение деятельности, которое мучит празднаго — Искусства же и Науки суть благотворный источник, утоляющий сию душевную жажду.

Но разве добродетель не может занять души твоей? возражает Руссо. *Учись быть нежным сыном, супругом, отцом, полезным гражданином, человеком, и ты не будешь празден!* Что же есть Мораль,[5]

---

[1] которой] 1796 p.66, 1803 p.65 ; который 1820 p.45.

[2] своих ... потребностей] 1796 p.66 ; своим физическим потребностям 1803 p.65, 1820 p.45.

[3] вечной] 1796 p.66, 1803 p.66 ; вечный 1820 p.45.

[4] пламенную Этну] 1796 p.67, 1803 p.66 ; пламень Этны 1820 p.46.

[5] Мораль,] 1796 p.67, 1803 p.67 ; Мораль. 1820 p.46.

из наук важнейшая, альфа и омега[1] всех Наук и всех Искусств? Не она ли доказывает человеку, что он для собственнаго своего щастия должен быть добрым? Не она ли представляет ему необходимость и пользу гражданскаго порядка? Не она ли соглашает волю его с законами, и делает его свободным в самых узах? Не она ли сообщает ему те правила, которыя разрешают его недоумения во всяком затруднительном случае, и верною стезею ведет его к добродетели? — Все животныя, кроме человека, подвержены уставу необходимости: для них нет выбора, нет ни добра[2] ни зла; но мы не имеем сего, так сказать, *деспотическаго чувства*, сего *инстинкта*[3], управляющаго ими; вместо его дан человеку разум, которой[4] должен *искать* истины и добра. Зверь видит и действует; мы видим и рассуждаем, то есть сравниваем, разбираем, и по том[5] уже действуем.

* [6]

“От чего же те люди, которые посвящают жизнь

---

[1] альфа и омега] 1796 p.67, 1803 p.67 ; Альфа и Омега 1820 p.46.

[2] добра] 1796 p.68, 1803 p.68 ; добра, 1820 p.46.

[3] *инстинкта*] 1796 p.68 ; естественнаго побуждения 1803 p.68, 1820 p.46.

[4] которой] 1796 p.68, 1803 p.69 ; который 1820 p.47.

[5] по том] 1796 p.68, 1803 p.68 ; потом 1820 p.47.

[6] *] 1796 p.68 ; the author leaves a line break ‘——’ 1803 p.68, 1820 p.47.

свою Наукам, не редко имеют порочные нравы?" — Конечно не от того, что они в Науках упражняются, но совсем от других причин: на прим. от дурнаго воспитания, сего главнаго источника нравственных зол, и от дурных навыков, глубоко вкоренившихся в их сердце. Любезныя Музы врачуют всегда душевныя болезни. Хотя и бывают такие злые недуги, которых не могут они излечить *совершенно* ; но во всяком случае действия их благотворны — и человек, которой[1], не взирая на нежной[2] союз с ними, все еще предается порокам, во мраке невежества сделался бы, может быть, страшным чудовищем, извергом творения. Искусства и Науки, показывая нам красоты величественной Натуры, возвышают душу,[3] делают ее чувствительнее и нежнее, обогащают сердце наслаждениями, и возбуждают в нем любовь к порядку, любовь к гармонии, к добру, следственно ненависть к беспорядку, разногласию и порокам, которые расстроивают прекрасную связь общежития. Кто чрез мириады блестящих сфер, кружащихся в голубом небесном пространстве, умеет возноситься духом своим к престолу невидимаго Божества; кто внимает гласу Его и в громах и в зефирах, в шуме морей и — собственном сердце своем; кто в атоме видит мир, и в мире атом беспредельнаго творения; кто в каждом цветочке, в каждом движении и действии

[1] которой] 1796 p.68, 1803 p.69 ; который 1820 p.47.

[2] нежной] 1796 p.69, 1803 p.69 ; нежный 1820 p.47.

[3] душу,] 1796 p.69, 1803 p.69 ; душу; 1820 p.47.

Природы чувствует дыхание вышней Благости, и в алых небесных молниях лобызает край Саваоѳовой ризы: тот не может быть злодеем. На мраморных скрижалях Истории, между именами извергов, покажут ли нам имя Бакона, де-Карта, Галлера, Томсона, Геснера?... Наблюдатель человечества! будь вторым Говардом, и посети мрачныя обители, где ожесточенные преступники ждут себе праведнаго наказания,[1] — сии нещастные, долженствующие кровию своею примириться с раздраженными законами; спроси — естьли не онемеют уста твои в сем жилище страха и ужаса — спроси, кто они? и ты узнаешь, что просвещение не было никогда их долею,[2] и что благодетельные лучи Наук никогда не озаряли хладных и жестоких сердец их. Ах! тогда поверишь, что ночь и тьма есть жилище Грей, Горгон и Гарпий; что все изящное, все доброе любит свет и солнце.

Так! просвещение есть Палладиум благонравия — и когда вы, вы, которым вышняя Власть поручила судьбу человеков, желаете распространить на земле область добродетели, то любите Науки, и не думайте, чтобы они могли быть вредны; чтобы какое нибудь состояние в гражданском обществе долженствовало пресмыкаться в грубом невежестве — Нет[3]! сие златое солнце сияет для всех на голубом своде, и все живущее согревается его лучами; сей

---

[1] наказания,] 1796 p.70, 1803 p.70 ; наказания 1820 p.48.

[2] долею,] 1796 p.70 ; долею; 1803 p.71 ; долею, 1820 p.48.

[3] Нет] 1796 p.71, 1803 p.71 ; нет 1820 p.49..

текущий кристалл утоляет жажду и властелина и невольника; сей столетний дуб обширною своею тению прохлаждает и пастуха и Героя. Все люди имеют душу, имеют сердце: следственно все могут наслаждаться плодами Искусства и Науки*20, [1] — и кто наслаждается оными[2], тот делается лучшим человеком и спокойнейшим гражданином — спокойнейшим, говорю: ибо находя везде и во всем тысячу удовольствий и приятностей, не имеет он причины роптать на Судьбу и жаловаться на свою участь. — Цветы Граций украшают всякое состояние — и просвещенный земледелец, сидя после трудов и работы на мягкой зелени с нежною своею подругою, не позавидует щастию роскошнейшаго Сатрапа.

Просвещенный земледелец! — Я слышу тысячу возражений, но не слышу ни одного справедливаго. Быть просвещенным есть быть здравомыслящим, не ученым, не полиглотом, не педантом. Можно судить справедливо,[3] и по правилам строжайшей Логики, не читав никогда схоластических бредней о сей Науке; не думая о том, кто лучше определяет ее: Томазий или Тширнгауз, Меланхтон или Рамус, Клерикус или Буддеус; не зная, что такое *энѳимемата, барбара, целарент, ферио*, и проч. Для сего конечно

---

[1] Искусства и Науки* 1796 p.71 ; Искусства и Науки 1803 p.72, 1820 p.49.

[2] оными] 1796 p.72 ; ими 1803 p.72, 1820 p.49.

[3] справедливо,] 1796 p.72 ; справедливо 1803 p.73, 1820 p.50

не достанет земледельцу времени,[1] — ибо он должен обработывать поля свои; но для того, чтобы мыслить здраво, нужно только впечатлеть в душу некоторыя правила, некоторыя вечныя истины, которыя составляют основание и существо Логики — для сего же найдет он в жизни своей довольно свободных часов, равно как и для того, чтобы узнать премудрость, благость и красоту Натуры, которая всегда перед[2] глазами его, — узнать, любить ее, и быть щастливее.

Я поставлю в пример многих Швейцарских, Английских и Немецких поселян, которые пашут землю и собирают библиотеки; пашут землю и читают Гомера, и живут так чисто, так хорошо, что Музам и Грациям не стыдно посещать их. Кто не слыхал о славном Цирихском крестьянине Клейн-йоке, у котораго Философы могли учиться Философии, с которым Бодмер, Геснер, Лафатер, любили говорить о красотах Природы, о величестве Творца ея, о сане и должностях человека? — Не далеко от Мангейма живет и теперь такой поселянин, которой[3] читал всех лучших Немецких,[4] и даже иностранных Авторов, и сам пишет прекрасные стихи*21. Сии упражнения не мешают ему быть трудолюбивейшим работником в своей деревне и прославлять долю свою. "Всякой

---

[1] времени,] 1796 p.73, 1803 p.73 ; времени 1820 p.50.

[2] перед] 1796 p.73 ; пред 1803 p.74, 1820 p.50.

[3] которой] 1796 p.74, 1803 p.74 ; который 1820 p.51.

[4] Немецких,] 1796 p.74, 1803 p.74 ; Немецких 1820 p.51.

день[1] говорит он*22, благодарю я Бога за то, что Он определил мне быть поселянином, котораго состояние есть самое ближайшее к Натуре, и следственно самое щастливейшее".

Законодатель и друг человечества! ты хочешь общественнаго блага: да будет же первым законом твоим — *просвещение!* Гласом онаго благотворнаго грома, которой[2] не умерщвляет живущаго, а напаяет землю и воздух питательными и плодотворными силами, вещай человекам: *созерцайте Природу, и наслаждайтесь ея красотами; познавайте свое сердце, свою душу; действуйте всеми силами, Творческою рукою вам данными, — и вы будете любезнейшими чадами Неба!*

Когда же свет учения, свет истины озарит всю землю и проникнет в самыя темнейшия пещеры невежества: тогда, может быть, исчезнут все нравственныя Гарпии, доселе осквернявшия человечество, — исчезнут, подобно как привидения ночи на рассвете дня исчезают; тогда, может быть, настанет златый век Поэтов, век благонравия — и там, где возвышаются теперь кровавые эшафоты, там сядет добродетель на светлом троне. —

Между тем вы составляете мое утешение, вы нежныя чада ума, чувства и воображения! С вами я

---

[1] день] 1796 p.74 ; день, 1803 p.75, 1820 p.51.

[2] которой] 1796 p.74, 1803 p.75 ; который 1820 p.52.

богат без богатства, с вами я не один в уединении, с вами не знаю ни скуки, ни тяжкой праздности. Хотя живу на краю севера, в отечестве грозных Аквилонов, но с вами, любезныя Музы! с вами везде долина Темпейская — коснетесь рукою, и печальная сосна в лавр Аполлонов превращается; дохнете божественными устами, и на желтых хладных пес-ках цветы Олимпийские расцветают. Осыпанный вашими благами, дерзаю презирать блеск тщеславия и суетности. Вы и Природа, Природа и любовь добрых душ — вот мое щастие, моя отрада в горестях!.. Ах! я иногда проливаю слезы, и не стыжусь их!

Меня не будет — но память моя не совсем охладеет в мире; любезный, нежно-образованный юноша, читая некоторыя мысли, некоторыя чувства мои, скажет: *он имел душу, имел сердце!*

*1 Я говорю о тех моральных истинах, которыя Руссо открывает нам в своем Эмиле.[1]

*2 Discours sur la question, proposée par l'Académie de Dijon, si le rétablissement des Sciences et des Arts[2] a contribué à épurer les mœurs?

*3 Новая пьеса одного неизвестнаго Немецкаго Автора, которая нечаянно попалась мне в руки, и в которой бедныя[3] Науки страдают ужасным образом, заставила меня прочесть со вниманием Discours de J.J. — Примечания мои неважны; но они по крайней мере не выписаны ни из Готье, ни из Лаборда, ни из Мену, которых я или совсем не читал, или совсем забыл. — Что же принадлежит до Господина Немецкаго Анонимуса, то он кроме злобы, тупоумия и несноснаго Готшедскаго слога, ни чем[4] похвалиться не может; на такие сочинения нет ответа.

*4 Познание сих двух предметов ведет нас к чувствованию всевечнаго творческаго Разума.

*5 Знать вещь есть не чувствовать только, но отличать ее от других вещей, представлять ее в связи с другими.

*6 Известной Декартов силлогизм.

*7 На прим. всякое прилагательное имя есть абстракция[5].

---

[1] Я ... Эмиле.] 1796 p.33, 1803 p.26 ; This annotation not in 1820 p.18.

[2] Arts] 1796 p.34, 1803 p.26 ; arts 1820 p.18.

[3] бедныя] 1796 p.35 ; б е д н ы я 1803 p.28 ; бедныя 1820 p.20.

[4] ни чем] 1796 p.35 ; ничем 1803 p.28, 1820 p.20.

[5] абстракция] 1796 p.42 ; отвлечение 1803 p.36, 1820 p.25..

Времена глаголов, местоимения — все сие требует утонченных действий разума.

*8
Я думаю, что первое пиитическое творение было ничто иное, как[1] излияние томногорестнаго[2] сердца; то есть, что первая Поэзия была Элегическая. Человек веселящийся бывает столько занят предметом своего веселья, своей радости, что не может заняться описанием своих чувств; он наслаждается, и ни о чем более не думает. Напротив того горестной[3] друг, горестной[4] любовник, потеряв милую половину души своей, любит думать и говорить о своей печали, изливать, описывать свои чувства; избирает всю Природу в поверенные грусти своей; ему кажется, что журчащая речка и шумящее дерево соболезнуют о его трате[5]; состояние души его есть уже, так сказать, Поэзия; он хочет облегчить свое сердце, и облегчает его — слезами и песнию. — Все веселыя стихотворения произошли в позднейшия времена, когда человек стал описывать не только свои, но и других людей чувства; не только настоящее, но и прошедшее; не только действительное, но и возможное или вероятное.

---

[1] ничто иное, как] 1796 p.43, 1803 p.37 ; не что иное, как 1820 p.26.

[2] томногорестнаго] 1796 p.43 ; томно-горестнаго 1803 p.37, 1820 p.26.

[3] горестной] 1796 p.43, 1803 p.38 ; горестный 1820 p.26.

[4] горестной] 1796 p.43, 1803 p.38 ; горестный 1820 p.26.

[5] трате] 1796 p.43 ; утрате 1803 p.38, 1820 p.26.

*9 Он был еще жив, когда я писал сии Примечания[1].

*10 См. Essai analytique sur l'Ame, par Bonnet, и Traité des Sensations, par Condillac.

*11 В Levite d'Ephraïm.

*12 Известно, что Аѳинской Тимон был великой мизантроп. “Я люблю тебя, сказал он Альцибиаду, за то, что ты сделаешь довольно зла своему отечеству.”

*13 Все, что Руссо говорит в своем Discours о Спарте и Риме, взято из Essais de Montaigne, главы XXIV, du Pedantisme. Жан-Жак любил Монтаня.

*14 Сей Поэт Ѳалес жил прежде мудреца Ѳалеса или Талеса.

*15 Αρετη происходит от Αρης.[2] Сим именем, как известно, называется по-Гречески[3] Марс.

*16 Говорят еще, что упражнение в Науках или в Искусствах расслабляет телесныя силы, нужныя воину; но разве ученой[4] или художник непременно должен морить себя в кабинете? Соблюдая умеренность в трудах своих, он может служить отечеству рукою и грудью не хуже других граждан. Впрочем не Атлетовы силы, но любовь к отечеству делает воинов непобедимыми.

*17 Но чем же в бедной земле будет награжден писатель или художник? Похвалою, одобрением, удовольствием своих сограждан: вот то, что истинному Артисту всего милее,

---

[1] Примечания] 1796 p.45, 1803 p.40 ; примечания 1820 p.28

[2] Αρετη... Αρης. 1796 p.58 ; *Арети... Арис* 1803 p.55, 1820 p.39.

[3] по-Гречески] 1796 p.58 ; по Гречески 1803 p.55, 1820 p.38.

[4] ученой] 1796 p.60, 1803 p.57 ; ученый 1820 p.40.

всего дороже! — Музы не умеют считать денег, и бегут от железных сундуков, на которых гремят замки и запоры. Там, где любят их чистым сердцем; где умеют чувствовать красоту их — там они всем довольны, довольны бедною хижиною и ключевою водою. В другое место не заманишь их и славным бриллиантом Португальской Королевы.

*18 Во всяком случае, где мы удаляемся от мудраго плана Натуры, от ея цели, обыкновенно чувствуем в душе своей некоторую тоску, некоторое[1] неудовольствие, некоторую[2] неприятность. Сие противное чувство говорит нам: "ты оставил путь, предписанный тебе Натурою: обратись на него!" Кто не повинуется сему гласу, тот вечно будет нещастлив. — Напротив того всегда, когда действуем сообразно с нашим определением, или с волею великаго Творца, чувствуем некоторое тихое удовольствие, тихую[3] радость. Сие чувство говорит нам: "ты идешь путем, предписанным тебе Натурою: не совращайся с онаго! "

*19 Вот главная причина роскоши! Следственно Науки, будучи врагами праздности, суть враги и сей самой роскоши, которая питается праздностию.

*20 Вот мысль великой нашей Монархини, Которая учреждением Народных Училищ открыла всем Своим подданным путь к просвещению.[4]

---

[1] некоторое] 1796 p.64, 1803 p.62 ; not in 1820 p.43.

[2] некоторую] 1796 p.64, 1803 p.62 ; not in 1820 p.43.

[3] тихую] 1796 p.64, 1803 p.63 ; not in 1820 p.43.

[4] Вот ... просвещению.] 1796 p.71 ; This annotation not in 1803 p.72, 1820 p.49.

*21 Многие из них читал я в Немецком Музеуме.

*22 Один из моих знакомых был у него в гостях.

Abbreviations

The following abbreviations are for books by N.M.Karamzin cited in the notes for various editions.

1796 : Аглая. Изд.2-е. Кн.I. М., Унив. тип., у Ридигера и Клаудия, 1796.

Aglaia. Izd.2-e. Kn.I.M., Univ. tip., u Ridigera i Klaudiia, 1796

1803 : Сочинения Карамзина. Т.7. М., Тип. С. Селивановскаго, 1803.

Sochineniia Karamzina. T.7., M., Tip. S. Selivanovskago, 1803.

1820 : Сочинения Карамзина. Изд.3-е, исправленное и умноженное. Т.7. М., Тип. С. Селивановскаго, 1820.

Sochineniia Karamzina. Izd. 3-e, ispravlennoe i umnozhennoe. T.7. M., Tip. S. Selivanovskago, 1820.

凡例

1. 本翻訳は Nikolai Karamzin, *Nechto o naukakh, isskustvakh i prosveshchenii,*（『学問、芸術および啓蒙について』）第 2 版（1796）の全訳である。
2. カラムジーンが『学問芸術論』からの借用であることを文中に明示している場合、該当箇所をローマ数字の小文字で　ページの脚注に示した。
3. 原著のイタリック字体、 —— 、 ＊（段落記号）は　そのまま訳文にも使用した。
4. 原注番号は　＊　と　アラビア数字　で示した。
5. 訳者による原注への注解は　[　] 内に記した。
6. 訳注番号は　アラビア数字と　）で示した。訳者による簡略な注記は、訳文中の（　）内に記した。
7. 原注への注解、本文中の注記、訳注 にあたって、訳者が参考にした資料を（　）内に示した。邦訳のあるものについては併記した。
8. カラムジーンの思想、作品理念にとって重要な作品のタイトルは原注、訳注いずれかの初出時に原語で示した。
9. 訳文、原注、訳注のあと、参考文献一覧に、第 1 次資料、第 2 次資料を示した。第 2 次資料の欧文編で邦訳のあるものは併記した。

学問、芸術および啓蒙について[1)]

ミューズと技芸、そして哲学が
国民から国民へ伝播し、人生の慰めとならんことを！
サン－ランベール[2)]

かつて、ある人物がいた。哲学の歴史、そして人類の歴史においても忘れえぬ偉大な人物、雄弁のあらゆるきらめきによって啓蒙が我々に有害であり、学問と徳は両立しないことを弁証した人物がいた。

雄弁なるルソーよ、わたしは汝の偉大な才能を貴ぶ！汝が同時代人と子孫に明らかにした真理*1— 今や私たちの知識の体系から削られることのない真理を尊ぶ。汝を汝の善良な心ゆえに、汝の人類愛ゆえに愛する。しかし、汝の夢想は夢想であり、逆説は逆説にすぎない。

学問に関するルソーの論文*2は、要するに論理の混沌であって、そこには偽りの秩序あるいは秩序の幻影があるのみで、みせかけの太陽が輝くばかりだ。というのも、天地創造のカオスは、ある詩人[3)]が描いたように昼夜の境界もなく朝も夜もなく繋がっているからである。ルソーの論文は、— 著者にたいしては公正を期さなければならないとはいえ、— きわめて技巧的な矛盾と詭弁の寄せ集めなのだ。

「だが、ジャン－ジャックはもはや、この世のひとではない。何のために死者の静寂を乱すのか。」— たとえ著者がこの世にあらずとも、作品は存在し、蒙昧の輩が読んでいるのだ。— このほかの作品はいっさい何も読まない、まさにあの連中が。 — そして、栄えあるジュネーヴ市民の言説を盾に啓蒙を悪しざまに罵るのだ[4)]。もし、天上のジュピター－が一時たりとも、彼らに雷を与えようものなら壮大な学問の殿堂は一瞬にして灰燼に帰すであろう。

わたしはこの重大なテーマについて、わたしなりの注解や考えを敢えて述べることにしよう。これは深淵な思索の結果ではない、しかし、ルソーの論文に触発された最初の思索である*3。

*

アリストテレスの時代から学者たちは、物事についてしっかり論じたければ、それを定義しなければならない、と主張してきた[5)]。定義とは思索の道を照らす灯台のようなもので、もし私たちが論理の道筋から外れたくなければ、灯台が私たちの眼前でつねに道を照らしているようでなければならない。ルソーは学問の本質は何か、芸術の本質は何か、を明らかにせずに学問や芸術について書いた。だが、もしルソーが学問芸術を公正に定義していたら、『学問芸術論』の根本思想はあたかも虚ろな幻やヒュドラ獣[6)]の頭のように空に舞い上がり、雲煙のごとく消えてしまうだろう。つまり、ルソーの論文は暗中模索の域にとどまっていただろう。 ―ところが、ジャン－ジャックは学識と啓蒙を徹頭徹尾、批難したかったのだ。いったい何のためか。ひょっとすると、奇をてらおうとしたのか、人々を驚かして自分のすばらしい機知をひけらかそうとしたのか。こうした虚栄はもっとも偉大な人物たちにも、よくある弱点なのだ！―

学問のさまざまな分類やその項目がどれほど多様であっても、それらは*自然と人間についての認識*、あるいは、*この二つに関する知識と理論の体系*にほかならない*4。

そも、学問の起源は何か。それは人間の魂のもっとも強い衝動である好奇心、すなわち、理性と一体化した好奇心である。

善良なるルソーよ！汝は、つねに自然の摂理を称賛し、みずからを自然の友、自然の息子と称し、救済をもたらす素朴な自然の秩序に人々が従うことを望んできた！だが、私たちの心に知識への生き生きとした関心を植えつけたのは、自然そのものではなかったか。かくも豊かに私たちをとり巻く自然の為す壮大な奇跡によって知識への関心を呼び覚ますのは、自然そのものではないのか。自然こそが私たちを学問にいざなうのではないのか。頭上で自然が雷鳴をとどろかせ恐ろしい稲妻が地平線を赤々と燃えあがらせ天空を引き裂かんばかりのとき、海がざわめき立ち果てしない海原で唸りをあげるとき、自然が眼前で青葉若葉の衣をまとうとき、あるいは、その黄金の実りに光輝くとき、それとも、あたかも自然がみずからの壮麗な営みに疲れ果てたかのように秋の黒衣をまとうとき、そして、白銀に覆われて冬の眠りにつくとき、人間は何の感動も覚えずにいられるだろうか。

原初の闇の時代を想い起こしてみよう。過去の闇へと、太古の奈落へと奥深く分け入り、そして遥か昔に朽ち果てたあの森、— ルソーよ！汝の言葉によれば、そこで人類は肉体と精神の逸楽にふけっていたというのだが — そこへ立ち入ってみよう。私たちの眼差しをそこに住む若き自然人に向けてみよう。すると、彼が肉体の欲求ばかりを思っているのではなく、肉体の欲求以外のものを求める心もあることがわかる。この自然人は驚嘆し自然界のながめに眼を凝らし、あちらこちらの対象に — 沈みゆく太陽から昇りゆく月へ、波しぶきのほとばしる断崖絶壁から白糸の小川の流れゆく、生気あふれる花々の咲く芳香ただようすばらしい風景へと — 視線を移していく。彼はときには優雅な、ときには峻厳な自然美に魅せられ静かな喜びに浸っている。あらゆる感覚を介して自然の美しさを自分の心で吸収し、飽くことなくこれを楽しんでいるのだ。自然人はすべてに心を惹かれ、すべてを見ること、すべてを自分の神経で感知することを欲する。はるか遠くを急ぎ見やって地平線の終りをさがすも見つからぬまま、頭上の大空は四方八方に広がりゆくばかりだ。— 周囲の自然は広大無辺で、この果てなき壮大さによって、*おまえの好奇心と逸楽は際限のないものだ*、と彼に告げる。— このように、自然人は対象の直接的な印象にほかならない、まず、無秩序に心に浮かんでくる無数のイメージや感覚を想い合わせる。しかし、まもなく彼の心には私たちが*理性*と呼び、感覚的な印象が伝わりさえすれば活動を開始するあの驚くべき能力、あるいは才能が芽ばえる。あたかもまばゆい太陽のごとく彼の理性はイメージの混沌に光をあて、それを分類、統合して相違と類似を、あるいは個体と全体の関連性を明らかにするのだ。そして、理性はある特殊な概念、すなわち、抽象概念をもたらし、これこそが知識を形成する*5のだが、これがすでに*学問*なのだ。— まず外界や物体にかんする*自然*の学が成立する。このあと人間は、さまざまな思考をへて自分自身についての概念に到達し、感覚の対象から感覚の主体に向き合うようになる。そしてデカルトにあらずとも、「思考する、ゆえに我あり*6。では、我は何者か？」と問う。私たちの人類の学すべては、この問いに対する回答にほかならない。——

このように、学問はアカデミーや教授、修士、学士より以前に存在したと言えよう。自然と人間が存在するところ、そこには師と弟子が— 学問が存在するのだ。

たとえ自然人の原初の知識がきわめて不十分であったにせよ、それは私たちの世紀を飾るあの壮大な知識の体系の礎となったのである。それは沢山のニュートンたち、ライプニッツたちの偉大な発見への第一歩であった、— あたかも、広々と枝を張った樫の木陰でひたひたと湧きいずる水源がしだいに川幅を広げゆきつつ波立ち、ついには悠々たるヴォルガとなっていくかのように。

いったい、自然人や未開人を描くのに注意散漫で好奇心に欠け、いつも感覚的な世界に生きていて、抽象的な思考をまったくせず、飢えや渇きを癒すことばかりを思い、ほとんどの時間を眠りと無意識のうちに過ごす、つまり—動物として描くような著述家は、小説を書いてもまったく人間らしくない人間を描くものだ。アフリカにも、アメリカにも、そのような思考の欠如した人間は存在しない。ありえないことだ！ホッテントットにも好奇心はある、コサ人[7]も自分の知識をふやそうとする。カライブ人[8]も抽象的な思考をする。それは思索や考察を幾度もかさねた末、かれらにすでに言葉があるからなのだ*7。— あるいは、原初の人類を乳児にたとえてみよう、その魂はこの児の本性には無縁な汚れをまったく知らず、まだ清らかだ！　眼に映るものすべてを知りたいという、この児の願望に気づかずにいられるだろうか。あらゆる物音、あらゆる珍しい対象がこの児の注意を呼び覚まさずにいられるだろうか。— このような心の最初の反応に哲学者（フィロゾーフ）は人間の定義を、すなわち、私たちが*知識*のため、*学問*のために創られた、ということを認識するのだ。

*

芸術の本質とは何か？　―　自然の模倣である。天幕のように広々と枝をのばして生い茂った樹形は原初のあばら屋のモデルであり、建築の原型であった。折れしなった葦の枝の裂け目や弓の弦を鳴らした風や鳥の鳴き声がわたしたちに音楽を教えたのと同じように、物体の陰影がわたしたちにデッサンや絵画を教えた。枝の上でつがいの雄の死を嘆き悲しむ雌鳩は抒情詩人の最初の師[*8]であった。この雌鳩のように詩人はいとしい恋人を失った己の悲しみを表現したい、と欲したのだ。―　原初の民族のあらゆる歌謡は、自然界にある対象とその営みを模倣から始まったのである[9]。

しかし、いったい何が私たちに自然を模倣するように、つまり、芸術の創造に導くのだろうか。それは自分の生活をより快適にし、人生の楽しみをふやそうとする、生まれながらの欲求である。人類はこうした志向にもとづいて、原初のあばら屋からルーヴルの柱廊へと、素朴な葦笛の原初の音からハイドンの交響曲へ、石板に刻みつけられた原初の線画からラファエロの絵画へ、未開人の原初の歌謡からクロップシュトック[10]の抒情詩へと進化してきたのである。人が快適に暮らしたいと望むことで、いわゆる「有益な芸術」が生まれ人間を自然の猛威から守る建物がそびえ立つ。人が心地よく暮らしたいと望むことで、いわゆる「優雅な芸術」が生まれ人生が華やかになるのだ。

*

このように、芸術と学問は必然なのだ。それらは人間生来の志向と才能の成果であり、芸術と学問は、行動が動機と連関し断ちがたく結びついているのと同じように人間の本質と結びついているからである。芸術と学問の進歩は人間精神が時代とともに炉のなかの金のように純化され、大いなる完成の域に近づいていることを示しているのだ。またそれは、動物に対する私たちの完全なる優越を示している、というのも動物は、開闢以来、いつも同じ感情と思考の領域のなかで生きているが、人間は絶え間なくこれを豊かに大きく改新してきたからなのだ。

わたしは覚えている — そしていつまでも忘れないだろう — ある日のこと、私たちの哲学者（フィロゾーフ）のなかでもこのうえなく善良で愛すべき偉大なボネ[11]は、私とジュネーヴ湖のほとりで沈みゆく太陽とレマン湖の黄金のさざ波をながめながら、人類の理性の進歩についてこう言った。「友よ！」…ボネ[*9]は真理への愛を抱き訪れて来る人々すべてをこう呼んでいた…。「友よ！思索する者は、いく世紀ののちに哲学の道に立ちこめていた闇が消え失せ、私たちのきわめて大胆な予感の暁がいつの日か約束の太陽となることを期待できるし、そう期待すべきなのだ。知識は海の波のごとく伝播し、その広がりは無限である。いかに鋭い眼力をもってしても、はるか遠くの岸辺を見ることは不可能である — しかし、それが賢者の老練な眼差しに姿を現わし、私たちがこの世で知りうるすべてを知るとき、そのときこそ、— おそらく — この世界は魔法の城のごとく消え失せ、人類は人生と幸福の次なる領域に踏み出すであろう。」 — このとき、天空の光はジュネーヴの哲学者（フィロゾーフ）の顔を照らしていたのだが、わたしには予言者の声を聞いたように思えた。

然り！　芸術と学問は私たちの存在と切り離すことはできない。— そしてもし、何かしら闇の力が人類の理性の成果を、過去の時代の収穫すべてを今、一瞬にして根絶したとしても、私たちの子孫は失ったものをふたたび見つけ、芸術と学問は地球を照らす太陽のごとく燦然と光り輝くことだろう。アレクサンドリアでは人類の知の貴重な集積が、忌まわしい野蛮人の意のままに炎の犠牲となった[12]。しかし、私たちは今、ギリシア人やローマ人が知らなかったことを知っている。新しいオマール[13]、新しいアフメット[14]よ、ティーシポネーの松明[15]で私たちの図書館すべてを灰燼に帰すがよい！　将来、新しいベーコンたちが現れ、学問の聖堂に新しい、おそらくはもっと堅固な礎を築くだろうし、新しいニュートンたちが現れ、天体の運動法則を発見するであろう。新しいロック[16]は人々に人間の理性について説明し、新しいコンディヤック[17]たち、新しいボネたちは自らの理性の力によって彫像に命を吹き込むのだ[*10]。そして、新しい詩人たちは自然の美、人間、そして神の栄光を讃美するのだ。というのも、私たちが書物や音楽、絵画で驚嘆することのすべて、私たちの心から湧き出ることのすべては、まさに自然の神々しい光の煌めきであり、いかなるオマールも、アハメットも破壊できない、偉大なる自然の成せる技だからだ。啓蒙を憎悪する者たちよ、改心せよ！さもなければ、自らの博愛主義の事業に成功することは決して、決してありえない[18)]。プロメテウスの火[19)]がこの地上から消えることは決してありえない！

*

結局のところ、もし本当に芸術と学問が悪だとすれば、それは必然的な悪だ ― 私たちの本性そのものから生じた悪であり、自然はこの悪のために私たちを創ったということだ。だが、このような考えは私たちの心をかき乱しはしないだろうか。はたして、これは自然の恵みに、私たちの創造主の恵みに調和することだろうか。好奇心と理性の結果が心の平安と徳性に必ずや有害である、というなら、はたして、全能の神は人間に好奇心と理性を授けただろうか。ルソーよ！汝の論理は信じられないのだ。

学問は習俗を堕落させる。私たちの啓蒙の世紀がその証拠だ、とルソーは言う[i]。確かに18世紀は先行するどの時代よりも啓蒙されているが、多くの人々がこの時代について風刺を書いているのも確かだ。多くの人々が「おお、時世よ！おお、習俗よ！」と、むやみやたらに叫び、この時代の堕落と致命的な欠陥を嘆いている[20)]。― しかし、哲学者（フィロゾーフ）は多いだろうか、思索する人間は多いだろうか、習俗の本質をみずからの眼力で見抜き、その現象を公正に判断できる人間は多いだろうか。いったい、習俗が今日よりも優良だった時代があっただろうか。まさか、略奪や殺人がまったく日常的だった中世がそれだ、とでもいうのだろうか。ためしに、いにしえの修道院の年代記を覗いて現代の歴史と照らし合わせてみたまえ！― 年代記は、サートゥルヌス[21)]の時代や幸せなアルカディアについて私たちに語るだろう…至福の光あふれる空のもと、心優しい兄弟のように互い

---

i　『学問芸術論』、*O.C.*,III, pp.9-10. 岩波文庫、p.19.（以下、作品名は省略する。）

を思いやる素朴で善良な羊飼いたちが、妬みも憎しみも知らず仲睦まじく、ただ心のおもむくままに愛と友情につつまれて幸せに暮らす、永遠に花咲きほこるかの国は感じやすい人々の想像力にはじつにすばらしいものだ。しかし、— 誠意をもって告白しよう。かの幸せな国とはここちよい夢にほかならず、かの想像力のなせる魅惑的な妄想にほかならない。少なくとも、それがかつて存在したことを歴史的に証明した者はいまだかつていないのだ。ギリシアのアルカディアは、古代や近代の詩人たちが私たちの心と魂を魅了した、かの麗しのアルカディアとは違う。

われは　暦を開く：　かの時代について
哀愁の念を　いたるところに　見いだすものなり。
われに　それについて語りし者、皆、
かの時代の　後(のち)に生まれしことを　嘆くものなり[22)]。

歴史の松明が照らすことのできる最も遠い時代に — 芸術と学問がいわば、まだ言葉を発していなかった幼年期に — はたして、悪徳や悪行は存在しなかっただろうか。おお、ルソーよ！人間の心が最も醜悪な淫乱で汚れていたことを示す、いかなる感情も昏乱するような古代の最も恐ろしいでき事のひとつ*[11]を生々しい筆致で描いたのは、汝自身ではなかったか[23)]。

汝は現代を洗練された偽善と欺瞞の時代である、と断罪する[i]。だが、現代という時代が、かつてないほどに悪徳を美徳の仮面の下に隠そうとするのはなぜか。それは、現代が悪徳を以前よりも忌み嫌うからではないだろうか。これこそ、私たちの習俗の名誉にかかわることである。さて、もしこれが啓蒙に負うことなら、啓蒙は道徳に有益であり道徳を救済する、ということだ。さもなければ、美徳は不道徳な人間に偽善をはたらかせ、堕落させる、ということになるだろう。なぜなら、不道徳な人間は善良な人間のいないところで、善良ぶる必要はまったくないのだから。— 2人の

---

i　*O.C.*,III, p.8. 岩波文庫、p.17.

不道徳な人間がいるとする。ところで、そのうちのひとりは見るからに自分の悪癖のとりことなっていて、それを恥とも思わない。だが、もうひとりは悪癖を隠す。つまり、それが褒められるようなことではない、と自分も感じている。彼らのどちらが更生に近いだろうか。もちろん、後者なのだ。美徳への第一歩とは、古代や近代のモラリストたち[24)] の言うように、悪徳の醜悪さを認識することである。

無知蒙昧の時代に今日のような欺瞞がありえなかったのは、人々が狡猾さをまったく知らなかったからだ、という考えは完全なる過ちである。素朴な人間も狡猾な人間と同じようにお互いを欺くものだ。前者は粗野なやり方で、後者は巧妙に欺く。それは、私たちが同じように素朴であるはずも、同じように狡猾なはずもないからである。偶像崇拝の神官たちを想いおこそう。彼らはもちろん、学者でも賢者でもなかったけれど、人々を幻惑する術を心得ていた。— それゆえ、供物台が人間の血に染まったのだ。

ほかのどの時代にもまして、私たちの時代にきわだって特徴的なこの慇懃さ、この愛想の良さ、この優雅さを新しいティモンたち*[12] は、18 世紀の金メッキ（ルソーは「廷臣たちの金メッキ」‘ la dorure d’un Courtisan ’ という外見のみのきらびやかさを強調した表現を使っている。『学問芸術論』*O.C.*, III, p.8./ 岩波文庫、p.16. – 訳者注）と呼んでいるけれども、哲学者（フィロゾーフ）にとって、これは社会生活における真の美徳であり洗練された人類愛の所産である。貧しき者の涙をぬぐい同胞を恐ろしい嵐から守ることは、言葉やほほ笑みで人々に愛想よくすることよりも、はるかに称賛に値する重要なことに違いない。しかし、私たちが互いにささやかな満足を与えられることすべてを為すこと、それは私たちの義務である。— そして、たとえ人生をひとときでも心楽しくしてくれた人は恩人である。聡明で愛すべき「自然」は私たちに食物を与えるだけではない。さらに、私たちの肉体的な存続に不必要な深紅のバラも純白のユリも創る。— けれども、それは芳香や美しさで私たちを楽しませ、これもまた「自然」の営為なのだ。慇懃さや愛想の良さは社会生活の華なのである。

*

スパルタ人は学問も芸術も知らなかった、―　私たちの人間嫌い[25]*は言う ―　それゆえ他のギリシア人より善良で、―無敵であった*[i]*。無知がローマを支配していた時代にローマ人は世界を制覇した。しかし、ローマが啓蒙されると北方の蛮族がローマに奴隷の枷をはめた*＊[13][ii]。

*第一に*スパルタ人はジュネーヴの市民が描こうとしたような無知で粗野な人々ではなかった。彼らは天文学も形而上学も地理学も学ばなかったが、彼らには別の諸学が、そして他ならぬ芸術があった。アカデミーではなく広場で、教授たちからではなく自分たちの監督官（エフォロイ）[26]から学んだにせよ、彼らには自分たちの道徳、自分たちの論理、自分たちの弁論術があった。まったくもって、神聖なる詩によってこそこの共和国の市民たちはリュクルゴス体制への覚悟ができたのではなかったか。詩人タレース＊[14]は、黄金の弦の竪琴をたずさえスパルタに現れ、賢明な国法がもたらす幸福と協和の恩恵を讃美し聴衆の心を高揚させることで立法者リュクルゴス[27]の先ぶれとなった。その時、リュクルゴスが現れた。真理と英知が彼の御言葉によって伝えられていたがゆえに、スパルタ人は彼を神々と人間の友として迎えたのだった。第２次メッセニア戦争の際、スパルタ人に訓令を授けたのはアテナイの詩人テュルタイオス[28]であった。彼は歌を歌い竪琴を奏でた、すると戦士たちは猛烈な疾風のごとく戦場へ、死に場へと突進した。これこそ、*芸術の印象*を真摯に受けとめるスパルタ人の感性の証拠である。真理のなかに美を、美のなかに真理を感じたことの証なのだ！―また、スパルタ生まれの同郷の詩人、たとえばアルクマーン[29]はその人生のすべてを愛に捧げ、一生涯、愛を讃えた。楽師や画師たちがいた―　楽師たちはその竪琴の音色で戦士たちの士気を奮い立たせ、画師たちの絵筆はアポローンとマールスの姿に美と勇武を映し、それに見入るスパルタの女たちにアポローンやマールスたちを生ませたものだ。―　また弁論家もい

---

i　*O.C.*, III, p.12-13.　岩波文庫、p.24.

ii　*O.C.*, III, p.10.　岩波文庫、pp.20-21.（ただし、「北方の」という文言はない。）

て、かれらはパウサニウス[30]やレオニダス[31]のために開かれた民会や悲愴な葬礼でスパルタの同胞を納得させたり感動させたりした。— さらに、アテナイの人々ですらスパルタ人ブラシダス[32]の雄弁に驚嘆し、彼をギリシアのもっともすぐれた雄弁家に比肩すると思ったほどである。スパルタの法律は芸術を楽しむことは禁じていなかったが、芸術が悪用されることはなかった。その悪用を避けるべく、監督官（エフォロイ）たちは同胞の市民に風刺作家アルキロコス[33]の官能的な作品を読むことを禁じたのだった。その悪用を避けるべく、彼らは戦士の心に優しく気だるい音色で情欲の毒を流し込むある楽師の竪琴を黙らせ、あらゆる事柄を同じような技巧と情熱で語ろうとしたある弁論家をスパルタから追放したのだった[34]。真実によって命を吹き込まれ、真実にもとづいて構築された誠意ある雄弁は監督官たちの好むところであった。— だが、偽りや詭弁は憎まれた。彼らの道徳律は明晰な簡潔さ、力強さ、そして説得力を備えた喩えによって示されていた。そのようなわけでタレース[35]やピッタコス[36]など、多くの古典古代の哲学者は道徳論の方法を彼らに倣ったのである。

第二に — スパルタ人がほかのギリシア人よりも徳が高かったというのは確かだろうか。そうは思えない。スパルタでは哀れな奴隷たちを慰み半分に、獣をなぶるように殺していた。共和国の兵力にならないという大義によって脆弱な幼子たちを暴虐なやりかたで殺していたのだ。— 人類一般の常識として、スパルタに道徳的な完璧さを期待してはならない。古代の人々が「まさにスパルタの空気こそ、アレテーを鼓舞しているようだ」と言ったとしても、彼らはこの「アレテー」という言葉を、今日わたしたちが、*美徳*、*ヴェルチュ* ‘vertu’、*トゥーゲント* ‘Tugend’ *15 という名詞で表す意味で用いたのではなく、ただ転義においてのみ徳となりうる武勇あるいは勇気という意味で言ったのだ[37]。スパルタ人は常に勇敢であったが、常に善良であったわけではない。わが身を祖国に捧げたレオニダスとその仲間たちこそが私にとっては英雄であり、まことに偉大な武人、半神である。涙なくして、テルモピュライの戦場における彼らの栄えある死を想うことはできまい[38]。— しかし、リュクルゴス体制の末裔が奴隷の数を増やしギリシアの脆弱な地域を隷属せんと殺戮を行った時、彼らの武勇は悪

行であった。— それゆえ、偉大なるエパミノンダス[39]がこの共和国の人々の傲慢さを挫き、彼らの不遜な額から勝利の栄冠を奪い取ったことを私は嬉しく思う。

アテナイよ、— あらゆる学問芸術が興隆した啓蒙されしアテナイよ、— そのアテナイも忍耐と武勇においてスパルタにひけをとらぬ祖国の英雄を輩出したのだ。おお、テミストクレス[40]よ、アリスティデス[41]よ、フォキオン[42]よ！汝らの偉大さに驚嘆しない者がいるだろうか。汝らは人類史上、美徳の泰斗として光を放つ— しかも、永遠に輝くことよ！— 古代の賢人の筆頭たる、神のごときソクラテスは豪勇の戦士であったことよ。哲学の高邁な思索から戦場へ、愛するアテナイのために死のう、とはせ参じた。— 私の考えのおよぶところではないにせよ、ソーフロニスコスの息子（ソクラテスのこと。父ソーフロニスコスはアテナイの彫刻家だった。-訳者注）とアブデーラ人[43]のどちらに祖国を愛し守ろうとする動機がじゅうぶんあるだろうか。前者は祖国アテナイで人生のあらゆる幸せ、自然や芸術の成果、自分自身、己の人間性、精神力そして才能を楽しんできた。ところが、後者は平穏なアブデーラで — 平凡に暮らしているだけだ。どちらにとって、蛮族の枷は恐るべきものだろうか。ソクラテスはアテナイのために戦ったが、それは哲学の園で賢者や友人と談義し、そこで得た自分の幸福、自分の満足のために、この地を守ろうと戦った。— ところが、アブデーラ人はペルシアの軛のもとでもアブデーラ人でいられるのだ。*16

さて、ローマについては学問が滅亡の原因であるはずもなかった。スキピオ一族[44]は余暇のすべてを学問に捧げても、スキピオ一族でありつづけた。小カトー[45]は共和国と運命をともにすることを良しとし、人生最後の夜にプラトンを読んだ。ローマの当代最高の学者、キケロは危険を顧みずカティリーナ一派を糾弾した[46]。これらの英雄たちは学問の徒であったのみならず、あの叛徒たち以上に英雄であったことよ。それ故、偉大なるローマは永遠である！

ついにローマを支配するに至った過度の奢侈が共和国[47]の命とりとなったことは認める。だが、奢侈と学問とは、いったい、どのような関係なのだろうか。奢侈の政治的かつ道徳的な弊害は、しばしばその要因や温床となる巨万の財宝とともにアジアの国々からローマに伝播したのである。ロムルス[48]の子孫らは何によって財をなしたか。もちろん、学問ではなく戦いである。— したがって、栄誉の原因が最後に滅亡の原因となったのである。

芸術それ自体の成功は、決して富に依存するものではない。詩人や画師、あるいは楽師が、不朽の名詩を創作したり優雅な絵を描いたり、甘美な調べで私たちの耳を愉しませるのにムガール帝国[49]の秘宝が必要だろうか。偉大な芸術作品を楽しむのに秘宝が必要だろうか。前者には才能が、後者には趣味が必要なのだ。どちらも天からの特別な授かりもので、暗い地中に埋もれた砂金と一緒に採掘されるようなものではない[*17]。

それにしても、教養のある人間と無知な人間と、どちらが富に貪欲だろうか。才能のある者か、あるいは愚か者か。哲学者は黄金より自分の思索を大切にするものである。アルキメデスは「*エウレイカ！見つけたぞ！見つけたぞ！*」と叫んだ[50]そのとき、大金を持ち出さなかったはずだ。カモインスは自分の船が沈むとき、自分の荷物のことを気にもかけなかった。だが、海に飛び込む際、その右の手は『ウス・ルジアーダス』を握りしめていた[51]。このように卓越した人々はもっとも活発な喜びの源泉を自分自身のうちに見いだすものである。— まさにそれゆえに富がこのような人々の偶像になることはない。

*

しかしながら、学問にはどれほどの誤謬があることだろう! 学問が完成の域に達してないからだ、という理由はもっともだが、学問の目的は*真理*である。学問における誤謬とは、つまり、余計な悪瘡のようなもので遅かれ早かれ消えるものである。それらはたなびく東雲にも似て、しばしば黄金の太陽の先ぶれなのだ。無知蒙昧の闇から真理の光明の方向へ、疑惑や期待、それに誤謬のうす暗い道を進んで行かなければならない。だが、私たちはすばらしいミューズのもとにたどり着く。あらゆる障害にもかかわ

らずたどり着き、ミューズの霊妙な抱擁に天上界の至福を味わうのだ。至高の知性は、こうしたさまざまな困難のために私たちが真理から遠ざかることを望まない。なぜなら私たちは困難を克服することができるし、しかもそれと戦いながら、ある喜びを自分の心の奥底に感じるからだ。これこそ、私たちが私たちの定めに調和して行動しているという確かな印なのだ*18！自然は真理を — 哲学者デモクリトスによれば —*深い井戸の底にときどき隠す*[52)]が、私たちが心地よい探究をもっと長く楽しみ、それによって自然の美をもっと生き生きと感じることをひたすら望んでいるのだ。それは、優しいダプネーが走って、情熱に燃えるアポローンから身を隠すも、アポローンの熱い恋心をなおいっそう燃えあがらせるのと同じである。

*

学問芸術は有害である — と、かの栄えある反対論者は続ける — *なぜなら貴重な時間をそれに費やしてしまうからだ*[i]。だがいったい、すべての学問、すべての芸術を根絶したあげく、時間をどう使えというのだろう？　農耕、牧畜にか？確かに、農耕と牧畜は私たちの生存に何よりも必要だが、こうしたことに自分の時間をすべて使えるものか？　すべての自然が悲嘆にくれ喪に服し、北風が林を裸にし、ふんわりとした雪が鋼のように黒く硬い大地を覆い、ついには寒気が私たちの住居の扉を閉ざすとき、農夫や羊飼いがため息まじりに畑をあとにして自分のあばら家にこもるとき、このような暗澹たる日々に私たちは何をすればよいのだろう？そうなると、書物たち、すばらしい書物たち、あるときは哲学の偉大な真理で魂を豊かにし、あるときは感動的な告白で私たちの感傷の涙を誘い、これまで心寒い秋や退屈な冬に私たちの心を慰めてくれた、かの愛する真の友たちはもういなくなってしまうのだ。聖なる天上のメランコリーよ、人類の知性のなせる、あらゆる不朽の作品の母よ！汝は、私たちの冷えきった心

---

i　*O.C.*,III, p.19. 岩波文庫、p.33.

の理解し得ないところとなるだろう。そのとき、私たちの心は、みずからのもっとも気高い心の動きをすべて忘れ、真の賢者や人類の友の作品が私たちの心に育む、かの全世界的な愛の炎は消えゆくランプのごとく光り輝き — そして、消えるのだ！ルソーよ！おお、ルソーよ！今となっては、汝の記憶は人類に懐かしいものである。汝が死んでも、汝の魂は『エミール』のなかに、心は『新エロイーズ』のなかに生きている、— その汝が学問に敵対し、文学に敵対するとは！その汝が無知蒙昧の幸福を説き、動物的な生活の無為と快楽を提唱するとは！そもそも、自分の肉体的な欲求によってのみ生きている人間は、動物以外の何物でもない。いったい、こうした欲求を満たすことで人間は心穏やかで幸せなのだろうか？いや、違う！暗いあばら屋のなか、黄金の長椅子に座する者は心貧しく不幸である。暗いあばら屋のなか、黄金の長椅子に座するその者は永遠の寂しさと無聊を感じるのだ。ある者は、狂おしいほどに虚ろな心を満たすために、数千ものありもしない要事やありもしない人生の欲求を思いつく*[19]。またある者は、自分の思考の重荷に耐えかね、まったくの忘我状態に救いを求めて恐るべき放蕩にはしる。— しかし、言うまでもない！人間の心のうちには炎のエトナ（イタリア南部にあるヨーロッパ最大の活火山ギリシア神話の舞台としても有名 - 訳者注）が、無為徒食の人間を苦しめる活動への力強い胎動が潜んでいるのだ。— そして、芸術と学問こそこうした魂の渇きを潤す恵みの源泉なのである。

そも、*汝の魂は美徳に魅了されることはない、とでも言うのか？* —とルソーはこう反論する。*優しい息子、優しい夫、優しい父親たること、有用な市民、有用な人間たることを学ぶがいい、然らば、暇を持て余すことはないのだ！* しかしながら、学問のなかでもっとも重要な、すべての学問芸術のアルファとオメガである道徳とは何か？道徳こそが、人間は自分自身の幸福のために善良でなければならない、ということを人間に証明しているのではないか。道徳こそが、市民社会における秩序の必要性と有用性を人間に証明しているのではないか。道徳こそが、人間の意志を法律と調和させ、法律による拘束そのもののなかで人間に自由をあたえているのではないか。道徳こそが、あらゆる困難な事態において疑念を解決する法則を人間に教え、確かな道順で人間を美徳に導くのではないか。— 人間以外のすべての動物は必然の法則に従う。動物に選択肢はなく、善も悪もない。ところが私たちには動物たちを支配するこのような、いわば*専横*な*感情*、このような*本能*はない。そのかわりに、人間には理性が与えられ、理性によって真理と善を探究しなければならないのだ。動物はものを見ると行動するが、私たちはものを見て類推し、つまり比較考察し、それから行動するのだ。

*

いったい、学問に一生をささげる人間がしばしば道徳的な誤ちを犯すのはなぜか。— もちろん、彼らが学問にいそしんでいるからではなく、まったく別の原因による。たとえば、劣悪な教育という、社会悪の主要な原因であったり、彼らの心の奥底に根づいた悪癖のせいなのである。愛すべきミューズは心の病をつねに癒してくれる。たとえミューズが完全に治せないような悪性の病があるとしても、いずれにせよ、ミューズの力はつねに恵み深いものだ。— だが、ミューズとの優しい交流にもかかわらず、なおも悪徳を重ねる人間は無知蒙昧の闇のなかで恐ろしい怪物、人間の屑となるであろう。芸術と学問は私たちに壮大な自然の美を示すことで、魂を高揚させ、さらに感性を豊かに優しくし、ついには、心を喜悦で癒し秩序への愛、調和と善なるものへの愛を芽生えさせる。その結果、社会のすばらしい連帯を破壊するような無秩序、不和、不徳にたいする憎悪が生まれるのだ。蒼き天空に渦巻く光輝く無数の層をつき抜け、みずからの魂の力で眼に見えぬ神の玉座の高みに近づくことのできる者、雷鳴やそよ風、海のざわめき、そして — みずからの心のうちに神の声を聴く者、原子のなかに世界を見、世界のなかに無限の創造性をもつ原子を見る者、ひとつひとつの花に、自然現象や作用のひとつひとつに神の慈悲の息吹を感じる者、そして天空をはしる紅(くれない)の稲光に現れし神(サヴァオート)（ユダヤ教の神－訳者注）の御衣の裾を接吻せし者、このような者が悪人であるはずもない。大理石の石碑に記された極悪人のなかに、ベーコン、デカルト、ハラー[53]、トムソン[54]、ゲスナー[55]の名があるはずもない。・・・人類の観察者よ！第二のハワード[56]たれ、そして残忍きわまる罪人たちが公正なる裁きを待つ陰気な住処を訪れてみたまえ、— みずからの血をもって怒れる法に恭順せねばならぬこの不幸者たちの住処を。問うてみたまえ、—もし、恐怖と戦慄のこの住処で汝が言葉を失わなければだが—彼らが何者なのかを、問うてみたまえ。すると、一度たりとも啓蒙が彼らの分であったことがなく、一度たりとも学問の善なる光が冷たく残忍な彼らの心を照らしたことがなかった、と納得するだろう。ああ！その時こそ、夜と闇がグリュプス、ゴルゴーン、ハルピュイア[57]の住処であり、すべての洗練されたもの、すべての善なるものは光と太陽を愛するのだ、と確信するだろう。

然り！啓蒙は美徳の庇護神である。— 然らば、汝、至高の存在に人類の運命を託されし汝が地上に徳の領域を広げることを願うなら、学問を愛するがよい。学問は有害だとか、市民社会のある階級の人々が野蛮な蒙昧のなかを這いずり回らなければならない[58]、などと思ってはならない。否！ この黄金の太陽はすべての人々のために蒼き天空で光輝き、生きとし生けるものは皆、この光でからだを暖める。この澄んだ水流は君主の喉も、奴隷の喉も潤す。この樹齢百年にもなる樫の木はその広々とした木陰で羊飼にも、英雄にも涼を与える。すべての人間に魂があり、心がある。したがって、すべての人間が学問や芸術の成果を楽しむことができるのだ*20。— そして、学問芸術を楽しむ者こそがもっとも善良な人間、もっとも心穏やかな市民である。— もっとも心穏やかな、と言うのは、どこでもあらゆることに限りない喜びと心地よさを感じるなら、運命に不平をもらしわが身の不遇をかこつことはないからである。—美の女神たちの花々はあらゆる階級をかざる。— 啓蒙されし農民も労働や作業のあと優しい我妻と柔らかな草地に腰をおろすとき、ペルシアの豪奢な太守の幸せをうらやむことはないのである。

啓蒙された農民よ！— 幾多の反論が聞こえてくるが、公正な反論はひとつも聞いたことはない[59]。啓蒙された、ということは分別がそなわっている、ということであって、学者であるということでも、多言語話者であるということでも、衒学者であるということでもない。論理学に関する教理主義のスコラ哲学のたわごとを読んだこともなく、トマージウス[60]、チルンハウス[61]、メランヒトン[62]、ラームス[63]、クレリクス[64]、ブッデ[65]のうち、だれが論理学をより巧く定義しているか考えたこともなく、*エンフィメータ、バルバラ、セラレント、フェーリオ*[66]が何なのかわからずとも、もっとも厳格な論理学の法則どおりに公正に判断することはできるのだ。もちろん農民には時間がない、— 自分の畑を耕さなければならないからだ。しかし、健全な思考には論理の本質や基盤となっているいくつかの法則、いくつかの恒久的な真理を心に刻みつけさえすればよいのだ。— それならば、農民も自分の生活のなかに時間をじゅうぶんとれるだろうし、いつも目の前にある自然の摂理、自然の慈悲、そして自然の美を — 自然を感知し愛することでもっと幸せになれるのだ。

実際、スイス、イギリス、ドイツには土地を耕して蔵書を収集している農民たちがいる。かれらは農作業もし、ホメーロスも読む。詩の女神や美の女神たちが訪れることを恥じらうことのないほどに、かれらの暮らしぶりは清らかで満ち足りている。チューリッヒの有名な農民、小男ヤーコプ[67]を知らぬ者がいるだろうか。彼のところで哲学者（フィロゾーフ）たちは哲学を学ぶことができたのであり、彼とともにボードマー[68]、ゲスナー、ラーヴァター[69]は自然の美、創造主の偉大さ、人類の階層と義務について語ることを好んだものだ。— マンハイム近郊（同市は1720年よりプファルツ選帝侯の新居城都市、啓蒙運動の文化拠点となり、カラムジーンは1789年に滞在 - 訳者注）には、今もドイツ最良の著述家のあらゆる作品と外国の著述家たちの作品も読み、自分もすばらしい詩*21を書く農民が暮らしている。読書や詩作をしても、村一番の働き者として自分の家業で名をなしているのだ。「毎日、神様に感謝しておるのです、というのも、神様が私に自然にもっとも近いところ、つまり、もっとも幸せな農民という身分をお与えくださったのですから」とは、彼*22の言うところである。

立法者よ、人類の友よ！ 汝が公共の福祉を望むならば、— *啓蒙*を汝の金科玉条とせよ！殺生ではなく大地と大気に滋養を与えて豊饒にする、かの恵み深き雷のとどろきのごとく人類に告げよ！ — *自然を観照せよ、その美を愛せ、己の心と魂を知れ、創造主より授かりし力すべてを活かし行*

動せよ、—　然らば、神にもっとも愛される子となるであろう！

学問の光、真理の光が大地をあまねく照らし、暗澹たる蒙昧の洞窟の奥までも達する時、その時こそ、きっと、これまで人類を侮辱してきた背徳のハルピュイアたち（ギリシア神話で女面鳥身の怪物、ハルピュイアは「掠める女」の意味 - 訳者注）の姿は、—　すべて消え去るのだ。その時こそ、きっと、詩人たちの黄金時代[70]、美徳の時代となるのだ。—　そして彼方、血まみれの断頭台がそびえるあの場所で、美徳が光輝く玉座に着くであろう。—

さて、汝らよ、理性と感情、そして想像力の優しい申し子たちよ、わたしの慰めよ！　汝らとともにあらば、富なくして富者であり、僻遠の地にあれども孤独にあらず、汝らとともにあらば、退屈も無聊も知らず。北の果てアクゥイロー[71]の吹きすさぶ祖国に住むとて、愛すべき詩の女神たちよ、汝らとともにあらん！汝らとともにあらば、いずこもテンペ[72]の渓谷となる—　汝らが手を触れれば哀しげな松がアポローンの月桂樹となり、汝らの神々しい口元が凍える黄砂に息を吹きかければオリュムポスの頂きに咲き乱れる花々が現れる。汝らの恵みを授かりし身には、虚栄や俗世の栄華は軽蔑すべきものであることよ。汝らと自然、自然と善良なる魂の情愛よ、—　これぞ、悲嘆のうちにもわたしの至福、わたしの喜び。･･･ああ！　時として涙するも、それを恥じず。

わたしは死にゆく、—　だが、わたしについての記憶がこの世からすっかり消えてしまうことはない。愛すべき優しく教養ある青年はわたしの思想の幾らかを、わたしの感情の幾らかを読んで言うであろう、—「*彼には魂があり、心があった！*」と。

原注

＊1　私はルソーが『エミール』で私たちに明らかにした、あの道徳的な真理のことを言っているのだ。

＊2　ディジョンのアカデミーが提起した問題、学問と芸術の復興は習俗を純化するに寄与したか、どうか？についての論文。
［ルソーの『学問芸術論』*Discours sur les siences et les arts* はディジョン・アカデミーの1750年の懸賞受賞論文であり、同年内に刊行された。］

＊3　ある無名のドイツ人著述家の新しい作品が偶然、私の手元にあるのだが、それは気の毒な学問をひどく辱めるもので、私はジャン‐ジャックの論説を注意深く読むことを余儀なくされた。— 私の注解はたいしたものではないが、少なくとも私がまったく読んだことがないか、読んだことをすっかり忘れてしまったゴーティエ、ラボルド、ムヌーからの抜き書きではない。
［『学問芸術論』は発表当時、反論の渦を巻き起こした。ゴーティエ（ナンシー・アカデミー会員）、ボルド（リヨン・アカデミー会員）、ムヌー神父（イエズス会士、ポーランド王スタニスラスⅠ世レスチンスキーの代筆者）などが1751年内に講演会やメルキュール・ド・フランス紙上に続々と反論を発表した。ただし、訳者の知る限り、反論者のなかにボルドは存在するが、ラボルドという人物はいない。
さて、反啓蒙運動はフランス革命以前から盛んであった。すなわち、「反フィロゾーフ軍団」は多くの反啓蒙文書を発行し、啓蒙主義者たちはそれらを撃ち落とすべく熾烈な文書合戦をくりひろげていた。ドイツにおいても聖書解釈学者、神学者から名もなき説教学者までが古い信仰を守るべく激しく抵抗した。1790年代になると啓蒙主義はしばしば革命の原動力と見なされ、たとえばドイツではフランス革命にたいする恐怖心から全体として保守主義が台頭し、革命の表象として掲げられていた「ルソー」はその標的となった。ベルリン、ライプッヒのような文化都市のみならずオスナブリュックのような地方都市でも反啓蒙、保守派ジャーナリズムが台頭し、ライヒャルト（Reichard, Heinrich August Ottokar 1751-1828）やメーザー（Möser, Justus 1720-1794）など、反革命、反啓蒙を喧伝する著述家、学者、官吏たちが勢力を結集していた。（Hazard, pp.83-96, pp.446-448. アザール、pp.79-92, pp.463-466. / Hoff, pp.274-279. ホーフ、pp.316-322. / バイザー、pp.556-642.）
ところで、カラムジーンは本論序文で『学問芸術論』に対する反論執筆の動機を明らかにし（訳注4参照のこと。）、そのいっぽうで、この注を本論のスタイルの緩急を乱すことなく読者に直接、メッセージを伝える有効な手段として活用している。つまり、カラムジーンが「ある無名のドイツ人著述家の新作が —」と述べ、ドイツ文学・思想の現状況をさりげなく喚起するのはロシアの現状況も同様であり（訳注4参照のこと。）、自分の反論が同時代性の高い、ロシア人にとって焦眉の問題を扱っていることを強調するものと言えよう。そのいっぽうで、カラムジーンがフランス・ジャーナリズムの視点を導入し、『学問芸術論』が発表されて間もない頃のゴーティエ、ボルド、ムヌーによる反論との差異を主張しているのは、自分の反論の現代性のみならず、独自性を読者に主張するものである。]

＊4　これらの２つの対象を認識することによって私たちは永遠の全能の知性を直感する。

＊5　ある事柄を知るということは、直感することだけではなく、それを他の事柄と区別し、他の事柄との関係で理解するということである。

＊6　デカルトの有名な３段論法。

＊7　たとえば、あらゆる形容詞は抽象観念である。動詞の時制や人称 ― これらすべては理性の鋭敏な働きを要求する。

［原注の理論はコンディヤック（Condillac, Étienne Bonnot de, 1714-1780）の『人間認識起源論』*Essai sur l'origine des conaissances humaines*（1746）に遡る。コンディヤックは言語を心の内面を表す記号として捉え、言語の起源、発達を単純観念から複合観念への移行のなかで考察した。初期の言語は知性の反省と分析をとおして発達し、たとえば、「感覚的性質を表す形容詞」が抽象観念の原点であること、初期段階で動詞は「身振り」とともに人称変化をせずに不定法で用いられたが、しだいに時制や人称と連動するようになったこと、を論述している。（『人間認識起源論』、*O.C.*, t.1, IIème partie, sect.1. chap.9. §80-93, pp.270-278. / 岩波文庫〈下〉第 II 篇、第 1 部、第 9 章、第 80-93 節、pp.109-121.）］

＊8　原初の詩作はうち沈んだ嘆きの心情の吐露にちがいない、つまり原初の詩はエレジーであったと思う。楽しみに興じる人間は自分の楽しみの対象に心を奪われるあまり、しばしば自分の感情を描くことに専念できない。その人間は快楽に浸るあまり、それ以上は何も考えることができない。その反対に、いとしい伴侶を亡くした不幸な夫や不幸な恋人は自分の悲しみについて思いを語ること、自分の感情を吐露し想いを語ることを好み、すべての自然を自分の憂鬱の代弁者とするのだ。彼にとって小川のせせらぎや木々のざわめきは、自分の喪失を悼んでいるかのように思われる。要するに、彼の心境はすでに詩である。彼は自分の心を軽くすることを欲し、しかもそれを、― 涙と歌によって ― 軽くするのである。― あらゆる明るい詩の誕生は、人間が自分だけでなく他人の感情を、現在だけでなく過去を、現実だけでなく可能で確からしいことを描くようになってからである。

［古代文学において原初の詩はじつは、嘆きの歌、挽歌ではなかった。たとえば、コンディヤックにもその説明がある。（『人間認識起源論』、*O.C.*, t.I, IIème partie, sec.1. chap.8, §72, 75, pp.262-264, p.266. / 第 II 篇、第 1 部、第 8 章、第 72, 75 節、岩波文庫〈下〉pp.100-101, p.104.）しかし、近代文学の見地からは、嘆きの歌、哀歌という意味での「エレジー」の源流を自然との交感、人間相互の交情、とくに失恋、失意、嘆きをテーマとする古代ギリシアの独唱抒情詩に遡ることができる。（アルクマン、p.493）

さて、カラムジーンはなぜ原初の詩を嘆きの歌 — 悲劇的な感情は喜劇的よりも強力であるとよくいわれるが — としたのだろうか。カラムジーンの「最初の詩」についての概念には、「最初の言語」は「自然の叫び声」であり、それは危機的な状況に発せられ、苦痛を軽減するための嘆願であったりした、というルソーの主張（『人間不平等起源論』*Discours sur l'origine de l'inegalite parmi les homes, O.C.*, III, p.148. / 岩波文庫 p.62)、および「感情の叫びこそ詩の起源」でありその表現は「自然の言語」の模倣によるものである、というドイツの啓蒙主義者ヘルダー Helder、Gottfried（1744-1803）の主張が融合している。（ヘルダー『言語起源論』*Abhandlung uber den Ursprung der Sprache*, pp.65-67, p.212, p.233.）実際、カラムジーンが主宰したロシア・センチメンタリズムの詩のほとんどは、「感情の叫び」を源泉とする「エレジー」であった。［Haruko Sugiyama, 'Aonidy I', JSEES, 14 (1994), 37-61, 'AonidyII', JSEES, 15 (1995), 55-83.)］

＊9　私がこの注解・コメントを書いていたころ、かれはまだ存命であった。

＊10　ボネ『心の機能に関する分析的な考察』とコンディヤック『感覚論』を参照のこと。

［前者：Bonnet, Charles (1720-1793) *Essai analytique des facultiés de l'âme* (1760)、後者：*Traité des sensations* (1754)。両者とも経験的な事実にもとづく人間の心の動き、観念の連鎖と成立についての考察として注目された著書。とくに後者は、人間の五感を立像に順次、与えたときの世界風景の変容をたどる「立像の思考実験」という論考で評判になった。］

＊11　『エフライムのレヴィびと』。

［旧約聖書、士師記：第 19 章〜 21 章に描かれた事件のこと。訳注 23 を参照のこと。］

＊12　アテナイのティモンが偉大な人間嫌いであったことは有名である。—「私はおまえを愛す、— とアルキビアデスに言った。— というのは、おまえは自分の祖国にたいして悪行をほしいままにするだろうから。」

［ティモンは紀元前 5 世紀ごろのアテナイ人で、「人間嫌い」と呼ばれていた。アルキビアデスは紀元前 4 世紀半ばのアテナイの政治指導者、大富豪。ペリクレスに養育され、ソクラテスの弟子でもあったが、「悪徳と有徳の双方で抜きんでている」と評された。原注に引用されたティモンの言葉は『プルタルコス英雄伝』（アルキビアデス伝 16）に遡る。さて、文中の「新しいティモンたち」とは、「人間嫌い」を自称したルソーやルソーのような人々のこと。詳しくは訳注 25 参照。］

＊13　ルソーが自分のスパルタとローマに関する論文で述べていることは、モンテーニュの『エセー』第 24 章「衒学について」からの借用である。ルソーはモンテーニュを愛読していた。

［原注は第 I 部の第 24 章のことを示している。しかし、「衒学について」は『エセー』の初版（1580 年）から 1588 年（生前の決定版）までの、いわ

ゆる「ボルドー版」では第I部、第25章に該当する。ただし、「衒学について」が第I部、第24章に該当するのは1595年以降にパリあるいはジュネーヴで発行された死後版においてであり、19世紀末までこの版が一般に流通していた。この有名な章の内容についての変動はない。さて、カラムジーンの本論と密接な関係にある『百科全書序論』のなかでダランベールも「衒学について」にふれている。(*O.C. A.*, I, p.20. 岩波文庫　p.22)]

＊14　この詩人タレースは、賢人サレースあるいはタレースより以前の人である。

[「詩人タレース」とは、紀元前7世紀前半のクレタ出身の音楽家。しかし、紀元前7世紀終わりから紀元前6世紀半ばに活躍した「ギリシアの七賢人」の一人、ミレートス出身の哲学者タレースとは別人。(Zaikov, pp.16-35.) クレタのタレースはデルフォイの神託によって伝説的英雄リュクルゴスの時代にスパルタに赴き、独自の音楽、詩、舞踏の秘儀によって国政に参与、貢献した。「リュクルゴスの先ぶれとなった」というカラムジーンの逸話はプルターク『プルタルコス英雄伝』リュクルゴス伝4に遡る。プルタルコスの「音楽について」(『モラリア』14, 215) にもこれに関連する記載がある。]

＊15　アレテーはアレースに遡る。アレースとはマールスのギリシア語名である。

[ギリシア神話のアレースとローマ神話のマールスは同一視され、アレース、マールス両者とも、戦いの神である。アレテーの意味論的な解釈については、訳注37を参照のこと。]

＊16　学問、芸術の修養が戦士として必要な体力を脆弱にする、とさえ言われる。しかし、学者や芸術家がかならずや、自分を書斎で衰弱させるものだ、などということがあるだろうか。自分の仕事で節度を保つならば、身を呈して祖国に仕えることができ、ほかの市民に劣ることもない、というのに。それに、戦士を負け知らずのつわものとするのは、体力ではなく祖国への愛である。

＊17　だが、貧しい国では著述家や画家はいったい、何をもって栄誉とするのだろうか。それは、称賛、激励、喜悦である。これこそ真の芸術家にとって何よりも愛おしく何よりも大切なものである！ — ミューズは金銭を数えられない。そして、錠前とかんぬきががちゃがちゃ鳴る鉄製の長持ちからは逃げ去ってしまう。純粋な心でミューズが愛され、人々がミューズの創造の美を感じることができるところ — その様なところでは、ミューズはすべてに満足し、貧しいあばら屋と泉の水にも満足である。ポルトガルの女王の有名なダイアモンドをもってしても、他所に誘うことは無理なことである。

＊18　いずれにしても、私たちは賢明なる自然の摂理やその目的から逸脱すると、普通は自分の心にある種の寂しさ、不満足感、不快感を覚える。この嫌悪の感覚は私たちに、「おまえは自然が予定した道から外れたのだ。そこへ

戻るがよい」と言っているのだ。― これと反対に、私たちの定めに、あるいは、偉大な創造主の意志に調和して行動する時は常に、ある種の静かな満足や静かな喜びを覚える。この感覚は私たちに、「おまえは自然がおまえに予定した道を歩んでいる。ここから外れてはならない！」と言っているのだ。

＊19　これが、奢侈の主な原因だ！　したがって、無為の敵である学問は、無為が助長する奢侈そのものの敵なのだ。

＊20　これが民衆のための教育施設を設置することで自分のすべての臣下たちに啓蒙への道を開いた、私たちの偉大な女帝の考えである。

［エカテリーナ２世のこと。］

＊21　その多くを私は『ドイツ詩神年鑑』で読んだ。

［『ドイツ詩神年鑑』*Almanach der deutschen Musen* 1770-1781 はライプツィヒ、ベルリン、フランクフルトで刊行された。「文学アリマナフ」はパリで刊行されていたフランスの『詩神年鑑』*Almanach des Muses* 1765-1833 に遡る。18 世紀ヨーロッパで大流行し、読者層の拡大に重要な役割を果たすとともに、文学思想運動のマニフェストの場ともなった。ドイツでもさまざまな「文学アリマナフ」が出版され啓蒙運動の一端をになった。ロシアで文芸ジャーナリズムに参入した最初の「文学アリマナフ」は、カラムジーンが 1794 年に刊行した『アグラーヤ』であり、本論文はその第 1 巻に掲載された。（杉山春子「ロシア文学の近代化とカラムジーンのアリマナフ」『窓』（ナウカ）97 (1996), pp.2-9.）］

＊22　私の知り合いのある者は彼のところにお客に行ったことがある。

［1780 年代にドイツの啓蒙運動は下層民まで教育を拡大することを目標としたが、それは、あくまでも階級社会を乱さない程度、「分相応に」社会的な有用性に見合う程度でのことで、圧倒的大多数の農民の読書への関心は薄かったと言えよう。しかし、18 世紀に造られた啓蒙君主たちの新しい居城都市 ― たとえば、このマンハイムであるが ― の近郊に土地を所有する裕福な農民のなかには「農民市民」として密度の濃い読書生活や著述のできる「啓蒙された農民」が存在したことは、実際にじゅうぶん考えられる。カラムジーンの描く「啓蒙された農民」の表象は、1780 年代後半にドイツの大衆啓蒙運動が目標とした「実用的な熟練」の理想とも一致している。（デュルメン、t.2, pp.34-35, p.100. t .3, pp.354-357.）］

訳注

1）『学問、芸術、および啓蒙について』をカラムジーンは1793年に執筆し、自らが主宰する文学アリマナフ『アグラーヤ』*Аглая* 第1巻（1794）に掲載した。18世紀ロシア文芸ジャーナリズムにおいて、『アグラーヤ』の刊行目的は、同時代のロシアの読者層に「啓蒙精神」をロシア・センチメンタリズム文学の真髄として提唱することであり、上記の論文はその重要なマニュフェスト論文であった。『アグラーヤ』（全２巻）は大好評を博し、1796年に第２版が出版された。さて、著述家、詩人、ジャーナリストでもあったカラムジーンの論文執筆当時の本意を汲むには、「文学アリマナフ」という発表環境で世に送り出された原典版のテクストが必要である。他方、フランス革命期からナポレオンの出現（1799）までの期間にカラムジーンの世界観もヨーロッパ諸国やロシアの情勢も — エカテリーナII世は1796年に没したが — 著しい変化を遂げた。1790年代にヨーロッパの知的エリートとの交流のなかでカラムジーンが何を思い、何を訴えたかを浮き彫りにするには、「文学アリマナフ」に掲載された当時のテクストが最良の底本ということになろう。したがって、本翻訳の底本は18世紀に『アグラーヤ』に掲載された最終テクスト、つまり上述の第２版（1796年）とした。なお、その後、19世紀に刊行された版、たとえば、1803年、1820年の版は作品集に収められたものである。

2）サン-ランベール Saint-Lambert, Jean-François 1716-1803, 18世紀フランスの詩人、啓蒙主義者。『百科全書』の執筆にも熱心に参加。このエピグラムは叙景詩『四季』、「冬」からの引用である。

ただし、初版は1964年であるが、サン-ランベールの生前に再版、改訂され、この引用部分は1771年以降の版から確認できる。このことを、ご教示くださった井上桜子氏に謝意を表します。

3）ミルトン Milton, John 1608-1674のこと。この表象は『失楽園』*Paradise Lost* (1667) に遡る。『失楽園』第7巻、第60行～第386行（*Milton Poetical Works*, 岩波文庫、第59行～第386行）に天地創造のカオスの有名な描写、とくに「太陽」の出現、「最初の夕べ」と「最初の朝」の創造、「昼」と「夜」を分かつ描写がある。また、第5巻、第138行～第174行（*Milton Poetical Works*, 岩波文庫）には「エデンの園」、すなわち、万物を照らす神を讃える、“真の”「太陽」の描写がある。ロシアでは『失楽園』は18世紀に読者層に紹介され、原語あるいはフランス語訳で読まれた。トレジアコーフスキーはミルトンをロシア語の発展のために模倣すべき重要な著述家のひとりに挙げたが、ロシア語訳はこの作品がすでに有名になっていた1777年に出版された。(Levin, I, 101,106, II, 137-138.)

4）ジャン-ジャック・ルソー Jean-Jacques Rousseau 1712-1778は『学問芸術論』初版 (1750) の表題に『ジュネーヴの一市民』と記し、これを誇りとしていた。これ以降、「徳高きジュネーヴ市民」という人物像が世間に広範に行き渡った。(ルセルクル、p.36) カラムジーンの言説は、フランス革命を境に保守的なロシア貴族や知的エリートがルソーの文明悲観論、これを雄弁に喧伝した『学問芸術論』を盾に反啓蒙主義に与し、フランス革命の教訓を拒否することへの危惧を表明するものである。(Lotman, p.73. Black, p.120. Barran, p.84.) すなわち、カラムジーンはここで、反啓蒙の時流を押しとどめ、『学問芸術論』の「雷」のごとき威力を破壊することが論文執筆の動機であることを明らかにしている。

5) たとえば、アリストテレス著『弁論術』があるが、アリストテレス以降も「定義 (ホロス)」は弁論に不可欠な要素として認識され続けた。(『ギリシア哲学者列伝』第7巻第1章「ゼノン」p.251.) 定義の慣習についてはダランベールも『百科全書』序論で注意を喚起している。(『百科全書』岩波文庫 p.149.)

6) ヒュドラとは水蛇とも訳される。巨大な身体で9頭以上の頭があり、頭を切り落としてもすぐさま生えてくるという、ギリシア神話の奇獣。

7) コサ人 (コーサ人とも言う) 南アフリカに住む比較的大きな民族。「コサ」あるいは「コーサ」は、先住民コイ人 (17世紀以降、ヨーロッパ人がホッテントットと呼んだ民族) のコイ語で「怒れる男たち」を意味する。なお、ホッテントット、つまりコイ人は先史時代にアフリカ東部から南部にひろく分布していたが、17世紀に始まるヨーロッパ人の入植により居住地が限定され、奴隷に近い状態で支配された。上記の2つの民族とも、18世紀ヨーロッパで流行した旅行記により「未開人」の典型となった。なお、ホッテントットおよび、当時の旅行記については、ルソーの『人間不平等起源論』の原注が興味深い。(*O.C.,* III, Notes III, VI, XVI, pp.196-198, pp.199-201, pp.220-221./ 岩波文庫、(c), (f), (p), pp.135-138, pp.141-144, pp.182186.)

8) カリブ海域、西インド諸島の2群の島々 — 大小2つのアンティル島 — の先住民。カライブ人は16世紀にスペインの奴隷貿易の対象として大量に拉致され、さらにヨーロッパからの疫病の被害に遭うなど絶滅の危機にさらされた。17世紀にはヨーロッパ人による大量殺戮の犠牲となった。カライブ人についても、上記訳注7と同様にルソーの原注が興味深い。(*O.C., III*, Notes III, X, pp.196-198, pp.208-214. 岩波文庫、原注 (c), (j), pp.135-138, pp.158-170.) ルソーや18世紀の知的エリートが証左とした旅行記についてはルセルクル (pp.106-107, pp.316-317.) を参照されたい。

9) 古代ギリシアに遡る「模倣的再現のテクネー (技芸)」のことで、これは18世紀、啓蒙主義の時代に再び盛んになった。(『美学辞典』p.3, p.38.) 詩と歌謡の起源については、カラムジーンが本論で名前をあげている古代ギリシアの詩人で音楽家のアルクマン (訳注29参照。) は、「詩作とはムーザから霊感を受けるもの、という古来の伝統ではなく、自分は「鳥の鳴き声」に触発されて自らの知的能力によって作った」と証言している。(アルクマン、p.36, pp.503-504.)

10) クロップシュトック、Klopstock, Friedrich Gottlieb 1724-1803 ドイツの詩人、劇作家。イェーナ大学で神学の学位を得た敬虔主義者。キリスト生誕から復活昇天までを描いた壮大な宗教叙事詩『救世主』*Der Messias*（1748-73）、抒情詩集『オーデ（頌歌）』Oden（1771）の成功により「近代ドイツ抒情詩の父」とされた。ドイツ近代文学の先駆者ボードマー、ミルトンの『失楽園』の影響を受けた。（訳注 67 参照。）

11) ボネ Bonnet, Charles 1720-1793 スイスの博物学者、正当派プロテスタント。主著に『自然に関する思索』*Les considerations sur les corps organizés*（1762-68）、『自然の観照』*La Contemplation de la nature*（1764-65）など。ボネは、ルソーと同郷のジュネーヴ人だが、『人間不平等起源論』（1755）の出版後に、『フィロポリスの手紙』*Lettre de M. Philopolis*（1755）をフランスの文芸メディアに公表し、文明の告発者ルソーへの不快感をあらわにした。『エミール』*Emile* と『社会契約論』*Du contrat social* の 2 冊が出版された 1762 年以降、ルソーをジュネーヴの政治、宗教改革派の一人と見做し、公然と敵意を示すようになった。他方、ルソーは「このボネなる人物は、唯物論者だったが、わたしのこととなるとたちまち不寛容な正当派カトリックになってしまう人だった」と述べている。（『告白』第 12 巻、*O.C., II*, p.632. 岩波文庫〈下〉p.217.）

さて、カラムジーンはヨーロッパ旅行中、1789 年 12 月から 1790 年 2 月までジュネーヴに滞在し、近郊のボネ宅をたびたび訪れ親交を深めた。ボネはカラムジーンとの意見交換でルソーの哲学を「砂上の楼閣」と批判した。Karamzin, *Pis'ma*, pp.167-189、Karamzin, *Letters*, pp.201-223.

12) エジプト、プレトマイオス朝の首都アレクサンドリアにあった古代世界最大の図書館。ヘレニズム文化の拠点の一つであったが、紀元 4 世紀末にキリスト教時代に異教文化破壊に遭遇、消失した。

13) ウマルⅠ世、在位？ -644、第 2 代正統カリフでイスラム国家の真の建設者。イラク、メソポタミア、エジプトの征服を指揮した。ルソーは『学問芸術論』で、この「回教主ウマル」がアレクサンドリアの図書館を焼き払ったとしている。（*O.C.,* III, p.28. 岩波文庫、p.50.）

14) アフメットⅢ世、在位 1703-30、オスマントルコ帝国第 23 代スルタン。オスマン帝国の極端な西欧化を図ったが、1730 年に廃位された。ルソーは『学問芸術論』で、この「トルコ皇帝アハメット」が印刷所を破壊せざるをえなくなったエピソードを紹介している。（*O.C.,* III, p.28. 岩波文庫、p.50.）

15) ティーシポネーはギリシア神話では殺人の復讐者（女性）を意味し、ギリシア悲劇中、手に鞭と松明を持ち体に蛇をからませて登場する。カラムジーンのテクストでは彼女の掲げる松明によって再興した知の集積が再び灰燼に帰されるという復讐のイメージが提示されている。

16) ロック Locke, John 1632-1704 イギリスの哲学者、政治思想家。『人間知性論』*An Essay concerning Human Understanding* (1690) を著し、観念の生得説

を批判し観念の経験主義を唱えた。

17) コンディヤック Condillac, Étienne Bonnot de 1714-1780 フランスの哲学者(フィロゾーフ)、1768 年からフランス・アカデミー会員。ロックを師とし経験主義を発展させた。『人間認識起源論』(1746)、『感覚論』(1754) を著しフランス観念学派の始祖となる。とくに前者は「言語起源論」ブームの発端となり、ルソーが『人間不平等起源論』(1755) 第 1 部で論述した言語の起源についての考察 (*O.C., III,* pp.146-151. 岩波文庫、pp.59-67.)、ルソーの『言語起源論』*Essai sur l'origine des langues* (1760 年頃執筆、1781 年出版)、ヘルダーの『言語起源論』(1770) に影響を与えた。

18) 18 世紀後半、ロシアでは博愛主義の慈善事業はフリーメーソン、とりわけ、薔薇十字団のニコライ・ノヴィーコーフらに負うところが大きかった。彼らは薔薇十字団派フリーメーソンの二律背反的な傾向、神秘主義と啓蒙主義への奉仕の共存を保持しつつ、そのジレンマのなかで活動していた。とはいえ、ノヴィコーフの啓蒙出版活動はきわめてナショナリズム的な傾向にあり、啓蒙思想の主流であったフランス啓蒙思想 — とくに百科全書派 — に対する批難、攻撃を特徴としていた。じつは、ノヴィコーフをはじめ兄弟 (フリーメーソンのメンバーのこと) たちの反啓蒙キャンペーンを当初、1785 年ごろに指揮していたのはドイツ出身の薔薇十字団派フリーメーソン、シュヴァルツであり、ノヴィコーフはその後継者であった。シュヴァルツはモスクワ大学教授 (ドイツ語および哲学専攻) として大学の講義ではフランス啓蒙主義、「理性への信仰」、無神論を批難し、学生に神秘主義を推奨していた。ついでながら、カラムジーンは少年時代にモスクワに上京し、このシュヴァルツの私塾で学んだ。(ポミアン、p.128. Monnier, pp.231-237. Gukovskii, p.255. Ligou, p.1088. Hoff, pp.278-279. ホーフ、pp.321-322)

さて、上述のとおり薔薇十字団派フリーメーソンと反啓蒙主義のキャンペーンはロシア国内に限定にするべきではない。しかし、元来、カラムジーンの本論はロシア国内の状況を念頭に書かれたものである。したがって、「啓蒙を憎悪するものたちよ、—」とは、人類共通の普遍的価値観を前提とするフランス啓蒙思想を批難し反啓蒙キャンペーンを展開するいっぽうで、博愛主義の慈善事業を行うノヴィコーフたち、すなわち、ロシアの薔薇十字団派フリーメーソンに警鐘を鳴らす文言なのである。

19) ギリシア神話でプロメテウスは人間に火を与え、生活上の技術を教えた。ルソーは『学問芸術論』の扉絵にこの表象を用い、その第 2 部冒頭でプロメテウスの神話を借用し学問芸術が人間にとって有害であることを示唆している。(*O.C.*, III, p.17. 岩波文庫、pp.31-32)

20) キケロが自らの演説でしばしば述べた有名な句。たとえば、キケロの「カティリーナ弾劾演説」第 1 演説第 2 節参照のこと。また、訳注 46 を参照されたい。18 世紀後半、社会の退廃、習俗の乱れはもはや、当たり前のようにフランスのみならず全ヨーロッパの都市や宮廷に蔓延していた。(Hazard,

pp.248-253. アザール、pp.251-256.）

21） ローマの古い農耕の神。ギリシア神話の伝える黄金時代の王で人類に幸せをもたらしたクロノスと同一視される。

22） グレッセ Gresset, Jean-Baptiste-Louis 1709-1777 の詩『牧歌の時代』*Le Siècle pastoral* 結び部分からの引用。1730 年代から 70 年代にかけて詩人、劇作家として名声を馳せた。イエズス会士、ベルリン・アカデミー会員、のちにフランス・アカデミー会員。

ここでのカラムジーンによる引用は、ルソーの詩作に関連する文学的な背景をふまえてのことである。じつは、グレッセの原文によると、カラムジーンの引用部分には次のような 4 行詩が先行していたが、このグレセのテクストは「牧歌の時代」の存在を否定するものであった。

我は　妄想を描いたりするものか。
かの魅力的な時代は　そも存在したものか。
かの時代を　自分の目で見たという作者は、
真実を知ってのことか。　（杉山訳）

ところで、ルソーはグレッセ『牧歌の時代』のテクストをもとに歌曲集『わが生涯の悲惨の慰め』*Les Consolations des Misères de ma vie* を創作した際、この詩テクスト（本文でカラムジーンが引用した部分や前掲の部分）のように「かの時代」に悲観的な見解をあらわにしたグレッセの詩行を嫌い、加筆修正をおこなった。つまり、ルソーは「かの時代」の幸福を肯定し、その時代の再来を約束する同名の詩『牧歌の時代』を、あたかも本歌どりのごとく創作した。その結末は次のとおり自信に溢れている。

暦の識者よ、昔（いにしえ）の時代を
自分の信仰の規範とするがよい！
わたしは　わたしの心のうちに
わたしの信仰の　より確かな証を感じる。
おお！　天が　ついにその怒りを鎮め、
わたしに似合う　もうひとつの心を
わたしに　巡り合わせたまえ。―
黄金時代は　われらのために　よみがえらん。　（杉山訳）

『わが生涯の悲惨の慰め』はルソーの死後、1781 年にパリで出版され、再版を重ねた。本文中のグレッセの詩行の引用は、カラムジーンがルソーとグレセの詩の関係を知ってのことであろう。ルソーとグレッセの詩をめぐる間テクスト性を背景とする、ルソーに対する、このような「あてこすり」も、カラムジーンの詩的な工夫のひとつである。

（『わが生涯の悲惨の慰め』、*O.C.*, II, pp.1166-1173, pp.1907-1908.『ルソー全集』第 11 巻、pp.399-417, pp.468-470.）

23) ルソーはこの事件をもとに同名の作品『エフライムのレヴィ人』（'L'évite d'Ephraïm'、1762 年執筆、1781 年出版）を書いた。ルソーは「わたしがもっともいつくしむ作品」と呼んでいる。（『エフライムのレヴィ人』、*O.C.*, II, pp.1205-1223, pp.1920-1926.『ルソー全集』第 11 巻、pp.137-156, pp.432-436. /『告白』*O.C.*, I, p.586. 岩波文庫〈下〉p.153.）

24) 「徳」の探究において重要な古代のモラリストとは、たとえばソクラテス、プラトン、アリストテレスである。カラムジーンの言説はソクラテスの「汝自身を知れ」という人間を有徳に導く可能性のきわめて高い「徳の学びの真実」に遡る。たとえば、ソクラテスは「不正を行うことと、それが神であれ人であれ、およそ優れた者に従わぬことが、悪にして恥辱なことを私は知っている。それで私は、それが悪であると知っている悪の代わりに、それが福である（「善いもの」とも訳せる）かもしれないようなことを、決して恐れたり避けたりはしないであろう」と述べている。（『ソクラテスの弁明』岩波文庫、p.36）さらにアリストテレスは、「悪徳」とは「徳」の逆のものであり、「悪徳」を回避する三つの対象として「醜悪なもの、有害なもの、苦しいもの」をあげている。（『ニコマコス倫理学』pp.62-64. いっぽう、近代のモラリストとは、18 世紀のロシアにおいても知名度の高かったモンテーニュ、ラ・ロシェフーコーなど。モンテーニュには「もっとも高潔で完全な立法者であるリュクルゴスも、国民に節制を教えるために、— 彼らの奴隷であるヘイロータイたちに無理に酒を飲ませ、その正体もなく酔いつぶれているところをスパルタ人に見せてこの悪徳のだらしなさをひどく憎ませようとした」（『エセー』「よい目的に用いられる悪い手段について」'Des mauvais moyens employés à bonne fin', II 23）という極端な例証がある。これは『プルタルコス英雄伝』（リュクルゴス伝 28）に依拠している。また「徳をできるだけ美しく描くことは正しい人間の努めである」（『エセー』「小カトーについて」'Du jeune Caton', I 36：1595 年版 / I 37：ボルドー市版）という見解を明らかにしている。さて、ラ・ロシェフーコーについては『人間考察あるいは処世訓、および教訓的な箴言』*Réflections ou Sentences et Maximes morales*）のエピグラフ「われわれの美徳は、ほぼ常に、偽装した悪徳にすぎない」を想いおこそう。本書には「われわれの美徳」つまり「偽装した悪徳」の醜悪さを辛辣にあばく箴言が数多くよせられ、『考察』第 7 章「手本について」では、ラ・ロシェフーコーは「罪悪のほうがわれわれを悪徳から遠ざけ、— 立派な手本はそれほどわれわれを美徳に近づけない」とまで述べている。（『人間考察あるいは処世訓、および教訓的な箴言』、La Rochefoucould, *O.C.*, pp.513-514. 岩波文庫　p.214.）本書は 18 世紀に再版が相次いだが、とくに 1789 年にパリで出版されたブロチエ版が秀逸であった。ロシア語訳は 1806 年に出版された。（La Rochefoucould, *O.C.*, p.981., Levin,I, 265.）

25) ルソーが自分を「人間嫌い」と同一視した『告白』と『ダランベール氏への手紙』の該当部分を参照のこと。『ダランベール氏への手紙』のなかの、いわゆる「人間嫌い論」でルソーは過去の人間関係や恋愛の記憶をたどりながら自分を主人公アルセストの形象に投影している。そして、これに関連してルソーは『告白』で『ダランベール氏への手紙』では「自分自身をさえ描いた」と述べている。(『告白』第10巻、*O.C.*, I, pp.495-496, p.1516. 岩波文庫、pp.18-19. p.254. / 『ダランベール氏への手紙』、*O.C.,* V, p.37, p.1331. 『ルソー全集』、第8巻 pp.54-55、p.170.)

26) スパルタでは前6世紀から監督官(エフォロイ)が国政の最高権限を有し、国王(2人王政)と長老会を統轄した。民会で選出され、一年任期で5人の同僚制。

27) リュクルゴス、紀元前65世紀ごろ?の政治家。スパルタの国制と軍事組織の基礎をつくった伝説的英雄で、リュクルゴス体制を整備徹底させた。「立法者リュクルゴス」という呼び方はプルタルコスにもあり、「神は他のすべての国制よりもはるかにすぐれているものを与え授ける」というデルフォイの信託を受けたという。『プルタルコス英雄伝』リュクルゴス伝5。プルタルコス「エピクロスに従っては、快く生きることは不可能であること」『モラリア』14, 112-113.

28) ティルタイオス、紀元前7世紀中頃の詩人、アテナイあるいはスパルタ出身。アテナイに生まれたが、デルフォイの神託によりスパルタ人となった。(『エレゲイア詩集』pp.10-15.) その詩はアテナイ風を特徴とする。重装歩兵の鼓舞や督励の詩、凱歌で詩名が高く、紀元前650~630年、メッセニア人の蜂起で危機に瀕したスパルタ人を叱咤激励した。「事実、このテュルタイオスの「詩」のもたらす感動に充たされた若者たちは、戦場にのぞんでもみずからの命を惜しまなかった」とされる。(『プルタルコス英雄伝』アギスとクレオメネス伝23) 彼自身、メッセニア戦争に従軍し死んだとされる。第二次メッセニア戦争でスパルタは完全勝利し、メッセニアは紀元前369年にテーベのエパミノンダスに解放されるまでスパルタの支配下に屈した。

29) アルクマーン、紀元前7世紀の詩人、スパルタ(もしくはリュディア)生まれ。スパルタで活躍し、「好色な詩を作った最初の人」であると同時に「ヘクサメーター以外の韻律で詩をつくることを始めた最初の人」とされる(アルクマーン、p.498-499)。スパルタの乙女たちを讃えたパルテネイオン(乙女歌)で知られ、舞踏隊とくに処女合唱隊パルテネイアの教官として名高い。愛の詩人であるばかりでなく叙事詩、哲学詩の傑作も多く、さまざまな韻律を自由自在に用いた。

30) パウサニウス、スパルタの将軍、紀元前470年頃没。スパルタ王家アギス家の一員。第2次ペルシア戦争でギリシア連合軍の総指揮をとりプラタイアで勝利をおさめたが、名誉欲が強くスパルタ人の反感をかった。ペルシアとの内通や反逆罪で裁判に問われ裁判にかけられ、最後はアテナの神殿で餓死した。

[31] レオニダス、紀元前480年没、スパルタの王。第2次ペルシア戦争でスパルタ人を中心とするペロポネソス同盟軍を指揮し、テルモピュライで全死を賭して戦い壮烈な最期をとげた。

[32] ブラシダス、紀元前422年戦死、スパルタの将軍。紀元前431年に始まったペロポネソス戦争において、ペロポネソス同盟の盟主スパルタとアテナイとの戦いを連勝に導いた英雄。

[33] アルキロコス、紀元前7世紀ごろのパロス島出身の詩人、兵士。古代ギリシア世界で「抒情詩の父」として名高い。喜怒哀楽の情を偽りなく歌い、軍隊生活を揶揄する風刺的な作品もあるが、酒と女と歌も愛した。『われはアレース（軍神）に仕えるものにして、ムーサイ（詩の女神）の贈り物を知る者なり。』と豪語したという。（M. L. West, *Iambi et Elegi Graeci I*, I-108 in 高畠、p.16.）

[34] 「ある楽師」とはミテュレーネー出身の紀元前5世紀に活躍した音楽家フリュニスのこと。スパルタの監督官エクプレースはフリュニスの九弦の琴から二弦を斧で断ち切らせた。「ある弁士」とはミレトス出身、紀元前4世紀中頃–5世紀中頃に一世を風靡した抒情詩人ティモテオスのこと。ディテュランボス歌の作曲において指導的な役割をはたしたが、詩の作風はあらゆる題材に無意味なほど大仰な比喩を多用するものであった。古代に、ティモテオスの詩句の大言壮語はしばしば批判の対象となったが、カラムジーンがティモテオスを「弁士」と呼んでいるのはそのためであろう。また、スパルタでは「確立されている国制に異議を唱える多くの激情や決意」が生じぬよう、国制を擁護するために音楽のみならず言語にも統制を敷き「何ら有益な目的もなく国内に集まり流れ込んでくる者たちを追いだした」とある。（『プルタルコス英雄伝』アギスとクレオメネス伝10、リュクルゴス伝27、高津、p.53.）

[35] タレース、紀元前6世紀前半の自然学者（「ピュシコイ」、「自然論者」あるいは「自然哲学者」とも言う）。ミレトス出身、自然の統一性、すなわち万物の原理を水とした。神話的な思考習慣と訣別し自然界の原理を探求した。古代ギリシア哲学の始祖とされる。

[36] ピッタコス、紀元前6世紀頃の政治家、七賢人のひとり。先代の僭主を打倒しミュテレネの僭主に選出された。同時代のソロン同様、法を制定した。

[37] アレテーはギリシア的な観念で普通、「徳」、「美徳」あるいは「卓越性」と訳され、本来、個体に要求される優れた能力のことをいう。人間の場合、優秀性の代表的なものは倫理的な諸徳であるが、スパルタではとりわけ「武勇」や「勇気」が重んじられた。

ところで、カラムジーンの文言 — 古代の人々が「まさにスパルタの空気こそ、アレテーを鼓舞しているようだ」と言った —、はルソーの『学問芸術論』（*O.C.*, III, pp.12-13. 岩波文庫、p.24.）からの借用である。カラムジーンは、ルソーがフランス語で「徳」（vertu）としているところをギリシア語の「アレテー」に置きかえることによって、ルソーとの見解の違いを明確にし、これを反論の方策としている。しかしながら、「武勇」、「勇気」と「徳」を表裏一体のことと見做すルソーの信念は盤石であった。「— 戦いなしには美徳はありえない。「徳」という言葉は「力」からきている。力はあらゆる美徳のもとになるのだ。美徳は、その本性からすれば弱いが、その意思によって強い存在だけにあたえられているのだ」(『エミール』、*O.C.*, IV, p.817. 岩波文庫〈下〉p.255.)

38) 上掲の注 31 を参照。ペルシアの大軍に対してレオニダスはわずか 300 人ほどの部下と徹底抗戦した。戦場には悲壮な最期を悼む下記の碑銘 — 全員が戦死した知らせを旅人に託す哀歌 — が建てられた。

行く人よ、
ラケダイモンの国びとに
ゆきつたえてよ、

この里に
御身らが　　言のまにまに
われら死にきと。

「テルモピュライなるスパルタ人の墓碑に」シモーニデス
『ギリシア・ローマ抒情詩選』p.32.

39) エパミノンダス（エパメイノンダス)、紀元前 418-362 年　テーベ（テバイ）の政治家。レウクトラの戦い（紀元前 371）で斬新な戦術によって無敵を誇るスパルタ軍を敗北させた。高潔清貧の士として名高い。

40) テミストクレス、紀元前 524 年頃 –459 年ごろのアテナイの政治家、将軍。ペイライエウス湾の建設やアテナイ海軍の拡充を断行し、アテナイがデロス同盟の中心となりエーゲ海を支配する基盤をつくった。第２次ペルシア戦争の際、サラミスの海戦でギリシアを団結させその抜きんでた戦略で勝利をもたらすなど、アテナイの武勇を知らしめた。しかし、晩年にはアジアに渡りペルシア大王の庇護のもとでギリシア問題の解決、両国の和平のために尽力しつつも最後は潔く自決した。(『プルタルコス英雄伝』テミストクレス伝 6-10, 27-32)

41) アリスティデス、紀元前 520 年以前 –468 年ごろのアテナイの政治家、将軍。「清廉の士」として知られ、民衆から「正義の人」と称された。(『プルタルコス英雄伝』アリステイデス伝 2-6) テミストクレスと対立しつつも陸軍力を主力とするアテナイの防衛を主張し、第 1 次ペルシア戦争中、マラトンの戦いで将軍のひとりとして活躍し、第２次ペルシア戦争中、プラタニアの戦いではアテナイ軍を勝利に導いた。生涯、アテナイ市民の指導者として彼らの徳性を高めるべくふるまった。プラトンは「アリステイデスは町の政治をとって、これを徳性にまでみちびいてゆこうとしたのだ」と評した。

（同上、アリステイデス伝25）

42) フォキオン、紀元前402/1–319/18年ごろのアテナイの政治家、将軍。プラトンのアカデメイアに学び、清貧を良しとした思慮深くきわめて徳の高い人物。カラムジーンが「美徳の泰斗」と呼んだことは理由のないことではない。当代最強、最優秀の雄弁家で将軍に45回選出された。紀元前322年の国制の転換期に陰謀により処刑されたが、これについてリュクルゴスは、「当然与えられるべき尊敬と感謝の代わりに邪悪な誹謗と批難を加えて、徳性に対する世界の信頼を弱めるのは避けなければならない」と慨嘆し、その人格について「峻厳と温和、慎重と勇気とが云わば等量に混和し、他人のためにする配慮と自己のために取る果敢と恥辱に対する警戒と正義に対する努力が一様に調和を得ていた」と絶賛した。（『プルターク英雄伝』フォーキオーン伝1,3）

43) アブデーラは紀元前7世紀半ばから存在した港湾都市。「アブデーラの空気はバカを生む」と言い伝えられ、その市民は愚者や田舎者の典型とされたが、根拠は不明。実際には、紀元前5世紀ごろからアテナイの伝統とは無縁なアブデーラ出身の学者たち — たとえばプロタゴラス、デモクリトス — がアテナイに集まった。

44) スキピオ一族はローマの名門貴族の最大の権門で、名将を多数輩出した。スキピオ・アフリカヌス（紀元前236–210年）はカルタゴの勇将ハンニバルに勝利し、スキピオ・アエミリアヌス（紀元前185–129年、大スキピオの長男の養子）はついにカルタゴを滅亡させた。スキピオ一族はローマの厳格さを尊重しながらもギリシア文化、思想に知的な関心をよせ、スキピオ家のサロンは当時のギリシア趣味の中心であった。

45) 小カトー（紀元前95–46年）はローマの共和制擁護者、政治家。大カトー（紀元前234–149年）の曾孫。共和制ローマの崩壊期（紀元前133–31年）に活躍、カエサルとの政治抗争に敗れ北アフリカの港湾都市ウティカでローマの元老院委員やウティカ市民の安全を確保したうえで、自刃による最期をとげた。ストア学派に精通した高徳の人で市民の尊敬を集めた。最期の夜にプラトンの『ファイドン』を２度通読したといわれる。（『プルターク英雄伝』小カトー伝67–70）ルソーにとっても小カトーは美徳の権化であった。（『エミール』、*O.C.,* IV, p.596. 岩波文庫〈中〉: 2007年版p.166、2011年版p.215.）

46) キケロ（紀元前106年–43年）は、ローマの政治家、哲学者。幼年期から天賦の才能を発揮しアテナイで学問を修めた後、ローマに帰郷し政界で活躍。紀元前63年に執政官の任務にあった際、キケロ自身の暗殺と国家転覆を計るカティリーナ一派の陰謀を突き止め、「カティリーナ弾劾演説」を繰り返した。逮捕された叛徒たちは極刑に処され、その残党は首謀者カティリーナとともに戦死した。この事件の解決をもって、キケロはローマ人にとって「祖国の救い手、祖国の作り手」となった。『プルタルコス英雄伝』

キケロ伝 10-22）

47) ローマの共和政体は王政が廃止された紀元前 509 年に始まり前 31 年に終わる。ローマ共和国の拡大は紀元前 133 年まで続いたが、戦争による国家の疲弊、大規模な奴隷反乱を背景に、紀元前 133 年からはグラッスス兄弟による国家改革始動によって共和政体は崩壊期に入る。その後、100 年におよぶ内乱と「国家再建のための三頭政治」の結果、紀元前 31 年に三頭政治の委員のひとり、オクタウィアヌスがローマ世界の勝者として残り、初代皇帝アウグストゥスとなった。

48) ロムルスはローマの建設者、初代の王、在位 : 紀元前 753–717/16。アルバ王ヌミトルの娘レアと軍神マールスとの子。レムスと双子の兄弟の兄とされる。生後まもなく川に捨てられたが雌狼に救われ、成人する。ロムルスは神意によりパラティヌス丘に新都を建て、自らの名にちなんでこれをローマと命名した。

49) 南ウズベキスタンから北インドへ進出したティムール系の王朝。16 世紀に戦争や略奪によって近世世界で最大の中央集権国家となった。17 世紀なかばにはムスリム豪族を吸収し、ほぼインド全域の支配に成功。豪奢な宮廷文化と「伝説的な富」を誇ったが、18 世紀初頭より宗教的な不寛容が反乱、分離独立をひき起し衰退した。

50) 沐浴中に冠の容積を測定する方法を思いつき浴槽から飛び出し、この言葉をくり返し叫びながら歩きまわったと言う、アルキメデスの非常に有名な逸話。たとえば、プルタルコス、モンテーニュが言及している。（「エピクロスに従っては、快く生きることは不可能であること」、『モラリア』14, 30.『エセー』「経験について」、Montaigne, *O.C.*, ‘De l’expérience’ , III 13.）

51) カモインス、Luis Vaz de Camoes 1524/25 年頃 –1580 年没。ポルトガル・ルネサンス期の大詩人。青年期に兵役でインドに派遣されたが、さまざまな苦難を克服し 1570 年にリスボンに帰還。『ウズ・ルジーアダス』（1572）— ポルトガルの大航海時代以前からアフリカ大陸発見、インド航路発見後のポルトガルの未来をテーマとする国民的叙事詩 — によって世界的な名声を得た。文中のエピソードは、カモインスの伝記作家が東インドで難破した際の出来事として記した一節であるが、これは「カエサルが書類を海面から高く差し上げて片手で泳いだ」（『プルタルコス英雄伝』カエサル伝 49）という描写の借用とも見なされる。（河野与一「後世の影響と本文の沿革」in『プルターク英雄伝』第 12 巻、p.195.）

ロシアでは『ウス・ルジーアダス』はロモノーソフに注目されたが、フランス語訳（1776 年）の出版によって一躍有名になった。ロシア語訳はフランス語訳からの重訳で 1788 年にモスクワで出版された。（Levin, II, 107, 144, 168.）

52) 「真理は井戸の底にある」ということわざはデモクリトスに遡るとされる。（*The Oxford Dictionary of Proverbs*, p.329）しかし、デモクリトス（紀元前

460–370 年頃のアブデラ生まれの哲学者）の倫理的格言は真作でない可能性があり、良き趣味人の快活な精神のあらわれとも解される。いっぽう、キケロの『アカデミカ』（第 1 巻 44–46、*Academi libri* B.C.45）には、「ソクラテス以前にも、すでになにごとも把握あるいは認識されたり、知られたりしないと言っていた人はいて、デモクリトス、アナクサゴラス、エペンドクレスまたほとんどすべての古人がそうである。— そして（デモクリトスの言葉をあげるなら）真理は深淵に沈んでおり、すべてのことが憶測と慣習にとらわれていて真理に残されたものはなく、こうしたすべては暗闇に包まれている、と言っていた」とある。（ブランシュヴィック、p.258.）

53) ハラー、Haller, Albrecht von 1708–77 スイスの解剖学者、生理学者、詩人。ゲッティンゲン大学教授。哲学的な思索の詩を多く書いた。詩集『スイス詩の試み』*Versuch Schweizerischer Gedichte*（1732）を出版、そのなかの長詩「アルプスの山々」Die Alpen は文明批判の作品として知られる。

54) トムソン、Thomson James 1700–48 イギリスの詩人、『四季』*The seasons* (1726-46) の成功によってヨーロッパに叙景詩の流行をもたらした。ニュートンの影響を受け科学的な展望をとりいれ自然詩の世界を豊かにした。

55) ゲスナー、Gessner Salomon 1730–88 スイスの詩人、画家。『牧歌』*Idyllen*（1756）はテオクリトスを模範に自然への憧憬と古代神話の世界を「黄金時代」伝説に結びつけ幻想的な風景を描いた作品であり、このジャンルの隆盛を招いた。『牧歌』によってフランスをはじめ全ヨーロッパ的な名声を博した。

56) ハワード、John Howard 1726–90 1773 年よりロシア、ポーランドを含む全ヨーロッパの主な監獄を視察し、人道主義の立場から監獄の現状改善を訴えた。1777 年に『監獄の現状』*The State of the Prisons* を出版。改訂版として 18 世紀中に 1780 年、1784 年、そして死後 1 年後、1791 年の第 4 版がある。

57) ギリシア神話でグリュプスはライオンの胴、鷲の頭と翼の怪物、ゴルゴーン（ゴルゴーとも言う）は醜怪な顔で頭髪は蛇、黄金の翼を有する女たち、ハルピュイアは頭部のみ女の猛禽。

58) 「ある階級」とはルソー、ディドロ、ダランベールなどを含め啓蒙主義者、知的エリートたちのこと。パリッソの喜劇『哲学者（フィロゾーフ）たち』*Les Philosophes*（1760）でルソーぶった男は百科全書派の哲学者（フィロゾーフ）たちの前で、地面を這いつくばりレタスを食べる（Hazrd, p.81. アザール p.77.）のだが、カラムジーンはこの場面を喚起しているようである。この喜劇の構想自体、哲学者（フィロゾーフ）たちを「動物園」の動物の餌食に見たて蔑むものであった。（中川、p.39–40.）パリッソ、Pallisot Charles de Montenoy 1730–1814 は、フランスの喜劇作家、著述家。ルソーやディドロなど百科全書派の人々を極端に揶揄して人気を博した野心的な人物。この喜劇でルソーに対する揶揄の場面は「あなたの著作を読むと、ひとは 4 つ足で歩きたくなります」という「ヴォルテールからルソーへの手紙」*Lettre de Voltaire à Jean-Jacques Rousseau* のなかの言葉（文芸雑誌『メルキュール・ド・フランス』*Mercure de France* 1755 年に掲載）に遡る。（『人間不平等起源論』、*O.C.*, III, p.1379. 岩波文庫、p.190, p.252.）

59) エカテリーナ II 世は国家発展の基盤として農民、農奴をも念頭に教育の普及と「市民教育」のための制度改革を段階的に実現してきたが、統治末期、すなわちフランス革命期にこれらを断念した。（Raeff, pp.234–235, pp.244–245.） また、農奴所有層、貴族階級の多くは確固たる根拠がないにもかかわらず、フランス革命の農民への影響、農民の蜂起を危惧していた。（Bartelett, p.136.）このような状況において教育制度改革にかかわる言論が抑圧されたが、1780 年代にエカテリー II 世が着手した改革を継続させようとする知的エリートたち — カラムジーン、プーニンなど — は制度改革と教育の普及によって暴動は回避されると信じ、すべての階級への教育の普及を喧伝しつづけた。（Black, pp.118–119）

60) トマージウス、Thomasius, Chistian 1655–1728 ドイツの哲学者、法学者、ライプツィヒ大学にて大学人として初めてドイツ語で講義をするなどドイツ啓蒙主義の先駆者。正当派ルター派と衝突した後、ハレ大学への創設、発展に尽力。主著に『自然法と万民の基礎』（1705）がある。

61) チルンハウス、Tschirnhaus, Ehre1651–1708 ドイツの哲学者、数学者、自然科学者、ニュートン、ライプニッツ、スピノザと親交があり、主著に『精神の医学、発見術の一般的原理』（1687）がある。

62) メランヒトン、Melanchthon, Philipp 1497–1560 ドイツの人文主義者、宗教改革者、教育者。ヴィッテンブルク大学でルターとともに大学改革を推進し宗教改革の立場をとった。プロテスタント初の教義学『神学要綱』（1512）を著した。

63) ラームス、Ramus, Petrus 1515–1572 フランスの人文主義者、アリストテレスの論理学の改革者。『アリストテレス弁証法異論』（1543）を著し、62 年にカルヴァン派に転向しドイツ滞在をへて 71 年にフランスに帰国。

64) クレリクス、Crellius, Paul 1531–1579 ドイツの神学者。『ウルガータ訳聖書』新版（1574）を発行し、ヴィッテンブルク大学教授となる。ルター主義への回帰を期待されたが失敗。77 年より釈義的、教義的な著作や論争神学の著作を多数出版した。

65) ブッデ（ブッデウスとも言う）Budde (Buddeus) , Johann Franz 1667–1729 ドイツ啓蒙主義時代の神学者、哲学者。ハレ大学、イェーナ大学で教鞭をとる。ルター派正統主義の改革路線に立ち、敬虔主義的傾向と啓蒙主義を折衷し『教義神学綱領』（1723）を著した。

66) エンフィメータとは三段論法（Syllogism）のこと。アリストテレスによってほぼ全体が与えられ、中世スコラ哲学を介して洗練された三段論法の伝統的な主要な格式（型式）は、4 種のアルファベット：A, E, I, O, のうち 3 文字の組み合わせ、たとえば 、“AAA” と示される。しかし、伝統的論理学の教程で暗記すべき基本格式（型式）の覚え歌が流布し、上記アルファベット3文字による名称の代わりに、バルバラ（Barbara)、セラレント（Celarent)、ダリイ（Darii)、フェリオ（Ferio）という覚えやすい名称で暗唱された。カラムジーンの文章にダリイの表記はない。

67) クライン・ヤーコプ Klein-jakob, Kleinjopp, Kleinjogg「小男ヤーコプ」は呼称。本名：Jakob Gujer 1716–1785。スイスの「啓蒙された農民」。農業改革、児童教育に功績があった。ヒルツェル Hirzel Hans (Johann) Caspar 1725–1803 スイスの画家、著述家の著書『或る哲学的農民の農業経営』*Die Wirtschaft eines philosophichen Bauers*（チューリッヒ 1761, 増補版 1774）に描かれて有名になった。

68) ボードマー、Bodmer, Johann Jakob 1698–1783 スイスの文筆家、評論家。チューリッヒで近代ドイツ文学の先達として活躍。ミルトンの『失楽園』の研究、翻訳をとおして理性万能主義のゴットシェートと論争を続け、『詩における驚嘆すべきものについて』*Kritische Abhandlung von dem Wunderbarden in der Poesie*（1740）を著し、想像力と感性の優位を主張した。彼らスイス派の文芸理論はゴットシェートのライプツィヒ派を凌駕した。

69) ラーヴァター、Lavater, Johann Kasper 1741–1801 スイスの改革派の牧師、著述家。観相学、睡眠術、霊媒など、神秘的宗教的な方法と、自身の特異な人間性で人々を引きつけた。ゲーテ、ヘルダー、そしてカラムジーンとも交遊があり、『ロシア人旅行者の手紙』に詳細が記されている。(Karamzin, *Pic'ma*, pp.106-118, pp.120-125. Karamzin, *Letters*, pp.145-147, pp.150-155.)

70) 古典古代の「詩人」についての概念は18世紀に復活した。すなわち、詩人とは「倫理的な卓越性」を体現する善なる存在であるがゆえに人々に讃えられ、なおかつ、「良き人々をつくる」という表象は古典古代に遡る。アリストパネス『蛙』の劇中、アイスキュロスは「詩人が称賛される原因はいかなるものか」と問われ、エウリピデスは「その才とその健実な忠言とでだ、市民をよりよき者にするためにだ」と答えている。(ベイト、p.5.『ギリシア・ローマ古典劇集』、p.323.）したがって、文中の「詩人の黄金時代」とは市民の徳を高め、それが高まる時代であり、「美徳の時代」を約束するものといえよう。

71) 「アクゥイロー」(ローマ神話）は「ボレアース」(ギリシア神話）の北風神の意。

72) テンペ渓谷はギリシアのテッサリア州の北部、オリュンポス山とオッサ山の間を流れるペーネイオス河の下流域にある風光明媚な渓谷。ギリシア神話でアポローンは、世界の中心とされるデルフォイの神域を守る大蛇ピュトンを射殺し血を浴びたが、オリュムポス山の南にあるテンペ渓谷の月桂樹の林のなかで身を清めたのち、デルフォイの神域に自らの神託所を設けた。これがアポローン神殿の由来である。最初のアポローン神殿はテンペ渓谷の月桂樹で造られたという。アポローンをたたえるギリシアの大競技会「ピュティア祭」（紀元前5世紀に発足、テンペ渓谷からデルフォイに通ずる聖路は「ピュティアの道」と呼ばれた）の優勝者には、テンペ渓谷に生える月桂樹の冠が贈られた。アポローンは音楽、医術などの神で「光明の神」とも呼ばれた。また、あらゆる知性と文化の代表者で律法、道徳、哲学の保護者でもあった。こうした神話的な背景から18世紀の視座においてもアポローンは学問芸術、「啓蒙」、すなわち「光明」の守護神とされ、「テンペの渓谷」はアポローンゆかりの「啓蒙」の聖地と考えられるのである。ここで、カラムジーンは「テンペの渓谷」と「アポローンの月桂樹」を喚起しつつ、神々に「啓蒙」への信仰告白を披歴することで本論を雄弁に完結する。

参考文献

第1次資料

Condillac, Étienne de, *Oeuvres complètes*, 16 vols (Genève: Slatkine Reprints, 1970)

Karamzin N.M., ed., *Aglaja,* 2 vols (Moskva: Universitetskaia Tipografiia, u Ridigera i Klaudiia, 1794-1795)

Karamzin N.M., rev., *Aglaja,* 2 vols (Moskva: Universitetskaia Tipografiia, u Ridigera i Klaudiia, 1796)

Karamzin N.M., *Pis'ma russkogo puteshestvennika* (Leningrad: Nauka, 1984)

Karamzin N.M., *Sochineniia Karamzina*, 8 vols (Moskva: Tipagrafiia S. Selivanovckago, 1803-1804 ; repr. Michigan: Ann Arbor, 1961)

Karamzin N.M., *Sochineniia Karamzina*, 9 vols (Moskva: Tipagrafiia S. Selivanovckago, izd. 3e, isprav. i umnozh., 1820)

Milton Poetical Works, ed. by Douglas Bush (London: Oxford University Press, 1966).

La Rochefoucould, *Oeuvre complètes* ed. by Jean Marchand (Paris: Gallimard, 1964)

Montaigne, *Les Essais,* ed. by Albert Thibaudet (Paris: Gallimard, 1950)

Montaigne, *Les Essais,* ed. by Jean Balsamo, Michel Magnien, Catherine Magnien-Simonin（Paris: Gallimard, 2007）

Montaigne, *Oeuvres complètes*, ed. by Albert Thibaudet, Maurice Rat (Paris: Gallimard, 1962)

Rousseau, Jean-Jacques, *Oeuvres complètes,* ed. by Bernard Gagnebin et Marcel Raymond, 5 vols（Paris: Gallimard, 1959-1995)

第2次資料

欧文編：

A Concordance of Paradise Lost, ed., by Celia Floren, 2vols (Hildesheim, Zurich, New York: Olms-Weidmann, 1992)

Barran, Thomas, 'The French Revolution and Russian Reactions to Rousseau's Premier

Discours', *Les Slaves & La Révolution Française, Revue des études slaves*, 61 (1989), 81-85

Bartlett, Roger, *A History of Russia* (Houndmills: Palgrave Macmillan, 2005)

Black, J. L., *Citizens for the Fatherland: Education, Educators, and Pedagogical Ideals in Eighteenth Century Russia* （New York: Columbia University Press, 1979）

Brill's new Paully : *Encyclopedia of the Ancient World,* ed. by H. Canick, H.Schneider; English edn. ed. by C. F. Salazar, 15 vols, (Leiden-Boston, 2002-2010)

Didier, Beatrice, *Le siècle des Lumières* (Paris: MA Editions, 1987)

Gukovskii G.A., *Russkaia Literatura XVIII veka* (Moskva: Aspekt Press, 1998)

Hazard, Paul, *La pensée européenne au XVIIIe siècle de Montesque à Lessing* (Paris: Fayard, 1963). / 邦訳：アザール、ポール『18 世紀ヨーロッパ思想　モンテスキューからレッシングへ』（小笠原弘親訳）行人社、1990

Hoff, Ulrich Im, *Les Lumières en Europe*, trans. by Jeanne Etore et Bernard Lortholary (Paris: Editions du Seuil, 1993). / 邦訳：ホーフ、U. I.『啓蒙のヨーロッパ』（成瀬治訳）平凡社、1998

Karamzin Nikolai, *Letters of a Russian traveller,* trans. by Andrew Kahn (Voltaire Foudation: Oxford, 2003)

Levin Iu.D., *Istoriia Russkoi perevodnoi khudozhestvennoi literaturury*, 2vols. (Rossiskaia Akademiia Nauk: Sankt-Peterburg, 1995-1996)

Ligou Daniel, *Dictionaire de la Franc-maconnerie* (Paris: Presses Universitaires de France, 1987, 4e edn., 1998), la nouvelle édition revue et augumentée du *Dictionaire unversel de la Franc-maconnerie* de Daniel Ligou, 2 vols (Paris: Editions de Navarre, 1974)

Lotman, Iu., 'Ocherki po istorii russkoi kul'tupy XVIII–nachalo XIX veka' in *Iz istorii russkoi kul'tupy, t.* IV (Moskva: Shkola《Iazyki russkoi kul'tupy》, 1996)

Monnier, André, *Un Publiciste Frondeur sous Catherine II, Nikolas Novikov* (Paris: Institut d'études Slaves, 1981).

Raeff, Marc, *The Well-Ordered Police State: Social and Institutional Change through Law in the Germanies and Russia, 1600-1800* (New Haven: Yale University Press, 1983)

The Oxford Dictionary of Proverbs, 5th. edn, ed. by J.Speake (New York: Oxford University Press, 2008)

The Oxford encyclopedia of ancient Greece and Rome, ed. by Michael Gagarin, 7 vols (Oxford University Press, 2010)

Zaikov, A.V., 'Falet Kritskii v Sparte (Taletas from Creta in Sparta)', *Issedom*, I (2002), 16-35

日本語編：

アリストテレス『ニコマコス倫理学』朴　一功訳、京都大学出版会、2002

アリストパネス『蛙』高津　春繁訳、in『ギリシア・ローマ古典劇集』、筑摩書

房、1959
アルクマン、他『ギリシア合唱抒情詩集』丹下　和彦訳、京都大学出版会、2002
岩田　靖男『アリストテレスの倫理思想』、岩波書店、1992
岩田　靖男『ギリシア思想入門』、東京大学出版会、2012
岩田　靖男『増補ソクラテス』、筑摩書房、2014
『岩波 哲学・思想事典』廣松　渉 ほか編、岩波書店、1998
ヴァイクル、エンゲルハルト『啓蒙の都市周遊』三嶋　憲一、宮田　敦子訳、岩波書店、1997
『キケロー選集３』小川正廣訳、岩波書店、1999
『キリスト教人名辞典』加藤 常昭 ほか編、日本基督教団出版局、1986
『ギリシア・ローマ抒情詩選 ― 花冠 ―』呉　茂一訳、岩波文庫、1991
神野　慧一郎『イデアの哲学史 ― 啓蒙、言語、歴史認識 ―』、ミネルヴァ書房、2011
コンディヤック『人間認識起源論』古茂田　宏訳、岩波文庫、全２冊、1994
高津　春繁、斎藤　忍髄『ギリシア・ローマ古典文学案内』、岩波文庫、1980
桜井　万里子、本村　凌二『ギリシアとローマ』、中央公論社、1997
佐々木　健一『美学辞典』、東京大学出版会、2000
周藤　芳幸『古代ギリシア遺跡事典』、東京堂出版、2004
ザスロー、ニール『啓蒙時代の都市と音楽』樋口　隆一訳、音楽之友社、1996
『西洋古代史資料集』第 2 版、古山 正人、中村 純、ほか編訳、東京大学出版会、2002
『世界文学事典』安　宇植 ほか編、全 6 巻、集英社、1996-1998
『世界文学大事典』安　宇植 ほか編、集英社、2002
『世界民族事典』綾部　恒雄 監修、弘文堂、2000
『世界民族百科事典』国立民族博物館編、丸善出版、2014
高畠　純夫『古代ギリシアの思想家たち』、山川出版、2014
ディオゲネス・ラエルティオス『ギリシア哲学者列伝』加来　彰俊訳、岩波文庫、全 3 冊、1989-1997
テオグニス　他『エレゲイア詩集』、西村　賀子訳、京都大学学術出版会、2015
デュメルン、R. v.『近世の文化と日常生活』、佐藤　正樹訳、全 3 巻、鳥影社、1993 -1998
中川　久定『転倒の島 ― 18 世紀フランス文学史の諸断面』、岩波書店、2002
バイザー、C．フレデリック『啓蒙・革命・ロマン主義：近代ドイツ政治の起源 1790-1800』 杉田　孝夫訳、法政大学出版局、2010
パウダー、D．『古代ギリシア人名事典』豊田　知二訳、原書房、1994
パウダー、D．『古代ローマ人名事典』豊田　知二訳、原書房、1994
ハワード、ジョン『一八世紀監獄事情』川北　稔、森本　真美共訳、岩波文庫、1994
フランソワ・シャトレ『ギリシア哲学』藤沢　令夫監訳、白水社、1998

プラトン『ソクラテスの弁明、クリトン』久保　勉訳、岩波文庫、1984
『プルターク英雄伝』河野　与一訳、岩波文庫、全 12 冊、1991
『プルタルコス英雄伝』村川　堅太郎編、ちくま学芸文庫、全３冊、1998-1999
プルタルコス『モラリア』14、戸塚　七郎訳、京都大学学術出版会、1997
ブランシュヴィック、J.『古代ギリシア・ローマ時代の哲学』D. セドレー編著、
内山　勝利監訳、京都大学出版会、2009 年
ヘルダー、J.G.『言語起源論』大阪大学ドイツ近代文学研究会訳、法政大学出版局、1986
ベイト、W.J.『古典主義からロマン主義へ』小黒　和子訳、みすず書房、1993
ベーン、マックス・フォン『ドイツ 18 世紀の文化と社会』飯塚　信雄 ほか訳、三修社、1984
ミルトン・ジョン『失楽園』平井　瑞穂訳、岩波文庫、全 2 冊、2002
モンテーニュ『エセー』原　二郎訳、全 2 巻、筑摩書房、1962
モンテーニュ『エセー』宮下　志郎訳、全 6 巻、白水社、2005-2014
ラ・ロシェフーコー『箴言』二宮　フサ訳、岩波文庫、2007
ルセルクル、ジャン－ルイ『ルソーの世界』小林　浩訳、法政大学出版局、1993
ルソー『エミール』今野　一雄訳、岩波文庫、全 3 冊、2007-2011
ルソー『学問芸術論』前川　貞次郎訳、岩波文庫、2007
ルソー『告白』桑原　武夫訳、岩波文庫、全 3 冊、2007
『ルソー全集』全 12 巻、別冊 2 巻、白水社、1979-1984
ルソー『人間不平等起源論』本田　喜代治、平岡　昇訳、岩波文庫、2006

『学問、芸術および啓蒙について』の知的重層性

―「啓蒙」と「徳」の国家をめぐって―

序論

カラムジーンは青年期に官職を辞し、宮廷から距離をおいた自由な文学活動に邁進した。この稀有な経歴の作家は何を理想とし、どのような信条に支えられて自らを成功に導いたのだろうか。ヨーロッパ啓蒙精神の恩恵をうけつつ、カラムジーンは同時代のヨーロッパ文学から洗練された文章語を習得した。とりわけ、ジャンリス夫人やマルモンテルの翻訳によって自己修練を積み[1]、モスクワ・ジャーナルの刊行で自国の文章語の刷新と近代文学の創造に決定的な役割を果たした。そして、彼が最も理想とした作家はヨーロッパに勇名を馳せたジャン-ジャック・ルソーであった。こうした事実にもかかわらず、ソ連時代以降、ロシア・アカデミズムはカラムジーンをはじめとする18世紀の知的エリートたちのルソー受容についてこの種の見解を公にすることはなく[2]、この分野の研究は今もって進展がない。だが、かのプーシキンがカラムジーンを「ロシアのルソー」と称したこと[3]は意味深長なのである。

カラムジーンは、文学界のリーダーとして活躍していた頃、ルソーを愛読し「ルソーとの対話」とも言うべき作品を複数著した。『学問、芸術および啓蒙について』（以下、『学芸啓蒙論』と略記）は、その代表作であり、カラムジーンがルソーの『学問芸術論』（以下、『学芸論』と略記）に対する反駁論文のかたちで書いた最初の文明社会批評である。また、この作品は『何が著述家に必要か』とともにロシア・センチメンタリズムの信条を明らかにしたマニフェスト論文である。エカテリーナⅡ世の治世に「学問

の園」という国家的表象を知的エリートたちが明確に意識するようになったロシアでは[4]、ルソーの『学芸論』は彼らの反発を招きしばしば議論の俎上に載せられてきたのだが、カラムジーンの反駁論文ほど同時代人の共感を呼び絶賛された作品はなかった[5]。それは、なぜか。ルソーの受容史という視点からもこれは重要なことなのだが、今日までその理由が解明されたことはない。その理由として筆者は『学芸啓蒙論』が文明社会批評から国家社会論までも包括する「独創的な」反駁論文であり、しかも、当時の知的エリートの複雑な心性を代弁するものであったからである、と考える。この論文が執筆されたのはフランス革命の余波がロシア社会、文学・思想界に及び、啓蒙主義とそれに反啓蒙の風潮とのせめぎ合いのなかで「啓蒙」の賛否が問われた1790年代始め頃である。

『学芸啓蒙論』の文学、思想、批評史上の重要性は20世紀後半からロシア国外の研究者によってしばしば指摘されてきたが[6]、上述のとおり、その本質を明らかにする作品論は21世紀の今日まで存在しない。すなわち、ソ連時代からの —「当作品はカラムジーンの啓蒙礼賛を表明するものである」— という無味乾燥な公式見解がロシア・アカデミーのみならず日本においてもいまだに支配的である[7]。これに関してはルソーの政治思想がソ連時代に共産主義イデオロギーの構築に利用されていたこと、そして体制側のイデオロギー操作が18世紀ロシア文学研究に甚だしく介入していたという歴史的な認識が必要かもしれない。要するに、ルソーに「前衛的、革命的な作家」という特別な地位が与えられたため、カラムジーンの同時代人、ラジーシチェフにはロシアにおけるルソー主義の後継者、「革命的な民主主義者」という名誉あるレッテルが貼られた[8]。他方、ラジーシチェフの対極に位置づけられたカラムジーンには「反動的、保守的な貴族主義者」というレッテルが貼られて、これがロシア・アカデミーの公式見解となった[9]。こうしたイデオロギー路線からの軌道修正の活路を開いたのはロトマンの『ルソーと18世紀ロシア文化』であった。ロトマンによれば、カラムジーンが『学芸啓蒙論』を執筆した目的は第一に、反啓蒙勢力が、—「啓蒙主義」がフランス革命の誘因として危険視された時代に — ルソーの『学芸論』を利用して反啓蒙運動を盛んにすることの阻止、であった。

しかし同時に、ロトマンはカラムジーンがルソーの作家活動すべてを肯定的に評価していたことも指摘した[10]。ロトマンの業績につづいて、クロス、ブラック、バランが『学芸啓蒙論』に関する論考を著したが[11]、ロトマンの解釈を超えるものはなかった。

ところで、作者が自作に付す注の役割についてだが、これは、ある種の読書案内であって、作者が望む作品解釈に読者を導くものである。18世紀の作家のうち、ルソーがこの方法を頻繁に用いていたことはよく知られている[12]が、じつは、カラムジーンはこの手段を積極的に模倣していた[13]。たとえば、上掲のロトマンの第1番目の指摘も『学芸啓蒙論』の序文の「注」[14]を検証した成果である。

では、この「注」につづくカラムジーンの逆説的な言説に注目してみよう。

> 私の注解はたいしたものではないが、少なくとも私がまったく読んだことがないか、読んだことをすっかり忘れてしまったゴーティエ、ラボルド、ムヌーからの抜き書きではない。[15]

このように自らの論文を「注解」と呼び、その重要性を否定しながらも、独自性を強調したカラムジーンの意図は何であったか。この問題は今日まで解明されたことはない。本論文の目的はこの不思議な示唆の解明であり、そのためにはカラムジーンが自分の反駁論文に託した作品理念と作品構造を浮き彫りにする必要があるだろう。さて、目的が作品論の本質にかかわる以上、解釈者はこれまで日本の18世紀ロシア文学研究にしばしば見受けられた「ロシア本国の権威」— これはマコゴネンコ版定本に顕著であるが、— を偏重する向き、いまだにカラムジーン研究史に禍根を残すソ連製文学史観と訣別し、文献学的な原典批評を出発点とする「新しい」立ち位置を堅持しなければならない。

I．テクストの重層構造と作品理念

カラムジーンは、かつてルソーが『学芸論』を書いた時のように古典的な修辞技法や雄弁術に細心の注意を払いながら自らの反論を入念に執筆した。では、『学芸論』に正面から反論するという、カラムジーンの力業、— 当然、複雑で堅固な構造に支えられているのだが、— の分析を試みよう。さて、テクストの論理展開の大枠を上位構造と呼び、それを堅固に下支えする論理展開を下位構造と呼ぶことにしよう。すなわち、『学芸啓蒙論』のテクストは上位構造と下位構造の２重構造からなる。大枠として上位構造は、古典修辞学で言う三段論法を特徴としているのであるが、まず、プロローグ（第１段落）でカラムジーンはルソーの基本テーゼ「啓蒙は我々に有害であり、学問と徳は両立しない」[16]を提示し、これ以降の段落でこれに対して反論していく。次に、第５段落でカラムジーンは啓蒙教化論という論理基盤を提示し、最後に第９段落で「啓蒙は美徳の庇護神である」[17]というアンチテーゼの確立に成功する。そして、サンテーゼとして啓蒙は「徳」を育み福祉を実現する、という啓蒙有用論を宣言し、啓蒙の光明が地上を照らすその時、「美徳」が玉座に鎮座するという「徳の国家」の到来を約束する[18]。このように、『学芸啓蒙論』の上位構造を三段論法の構造としてとらえることができるであろう。

次に、この上位構造を支える下位構造について見てみよう。『学芸啓蒙論』のエピグラフについてはあらためて言及するとして、本文は意味論的な見地からプロローグ（第１段落）、本論（第２段落から第９段落）、そしてエピローグ（第10段落）に区分することができる。さらに、本論の８段落は前半部分と後半部分に区分できる。つまり、前半部分（第２段落から第５段落）でカラムジーンはルソーが『学芸論』第一部で論証した啓蒙批判への反論として学問芸術の起源と結果の正当性、すなわち、啓蒙教化論を『学芸論』第１部の論法で、つまり、帰納法[19]で論証している。他方、後半部分（第６段落から第９段落）でカラムジーンは本論前半で論証した啓蒙教化論、すなわち、学問芸術の道徳的な有用性を前提にルソーが『学芸論』第２部で示した学問芸術批判の主な論点を段階的に論難し、「市民状態」における啓蒙教化論から「徳の国家」論を構築していく。この後半部分の論理形式が『学芸論』第２部の論法、演繹法[20]によっていることは興味深いことであろう。

さて、『学芸啓蒙論』の論理構造は上述のように重層的で堅固であると予想できるのだが、意味論的に重厚かつダイナミックな論理展開を可能とする詩的工夫についてもあらかじめ考察しておこう。確かに、カラムジーンがルソーの豪華絢爛な論文に対抗するためにベーコン、デカルト、ニュートン、コンディヤック、ハラー、ボネといった技術文明や自然科学の信奉者の名を列挙したというクロスの説[21]は正当なものである。しかしながら、『学芸論』はルソーの作品のなかでも格別に「雄弁なテクスト」であり、「単一の文章、— 単一の思想の運動の中に、膨大な量の語、すなわちイメージや観念を結集させる」[22]密度の高い文体を特徴としていることを想い起そう。ルソーの『学芸論』に散りばめられた修辞的な文彩や思想の断片は、プルタルコス、モンテーニュ、などルソーが典拠とする人々からの借り物であり[23]、それゆえに、高邁かつ深淵な思想の表象が充満した重厚かつ華麗な論文が完成したのである。したがってカラムジーンも、『学芸論』の文体の特徴である、雄弁のための言語と音響性をロシア語で模倣している。また、さまざまな作品を典拠とし、その断片をテクストに忍び込ませることによって多岐にわたる論理展開のダイナミズムを可能とした、と言ってよいであろう。カラムジーンが『学芸論』に対抗可能なテクストを創造し、文明、国家、社会論をも射程におさめた作品理念を創出するには、前掲のクロスが指摘したような偉人の名前の列挙といった表面的な詩的工夫、雄弁のレトリックや音響性の模倣といった手段のみでじゅうぶんなはずはない。ルソーがさまざまな典拠に頼ったように、カラムジーンは前掲の上位構造を支える下位構造ではさまざまな間テクスト性を喚起しながら、ダイナミックな論理展開を可能にする作品の断片 — 特に18世紀啓蒙思想を形成しヨーロッパ文芸共和国の知的遺産となった言説 — をテクストの各所に配置した、と私は考える。本論文ではこのような間テクスト性をテクストに導入するための言説、たとえば、任意の作者や作品を想い起させるエピグラフ、注、引用、あるいはパラフレーズ、キーワードなどを概念装置と呼ぶことにしよう。そして、『学芸啓蒙論』に組み込まれた概念装置とそれが想起する作品との関連 — 間テクスト性を浮き彫りにしてみたい。下位構造の論理展開をつまびらかにすることで、上位構造の三段論法の大枠と作品理念がいかに堅固に構築されているかが明瞭となり、カラムジーンの不思議な「注」の謎も解けるはずである。

Ⅱ．エピグラフ、プロローグにおける啓蒙の楽観主義の表明とルソーの二つの表象

『学芸啓蒙論』のエピグラフは、ルソーの同時代人、サン-ランベールの名が付されている。18 世紀の文学作品ではエピグラフが流行し、しばしば作品解釈の方向性を示すものであった。それにくわえ「作者名」も ― それが周知の人物であればなおさらのこと ― 重要であった [24]。

「ミューズと技芸と哲学が、国民から国民へ伝播し、人生の慰めとならんことを！」 サン-ランベール [25]

このエピグラフは、啓蒙思想の楽観主義と全人類的な普遍性を表し、ルソーの『学芸論』の主旨とは意味論的に正反対の世界観を示している。サン-ランベールという「作者名」に着目してみよう。この人物は、ルソーが敵対した百科全書派の著名人で、『百科全書』（項目：「奢侈」）では奢侈の経済効果と社会、芸術への貢献を主張し、ルソーが『学芸論』でおこなった奢侈批判に反論をとなえていた [26]。その後も、たとえば『普遍的教理問答書』（1797）でルソー批判を続け [27]、カラムジーンが『学芸啓蒙論』を執筆した頃、彼らの思想上の対立は明らかであった。

いっぽう、サン-ランベールはルソーの『告白』第 2 部によっても 1790 年代の知的エリートの関心の対象であった。第 2 部はルソーの死後、1789 年に出版され、グリムの文学通信 11 月号にはその紹介記事が掲載されたのである [28]。ヨーロッパでの反響は大きく、カラムジーンも 1789 年に旅行中にジュネーヴでこの話題の書物を読み感激したという [29]。では、何が書かれていたのか。第 2 部でルソーはドゥドト夫人をめぐるサン-ランベール対ルソーの三角関係と前者の優位、つまり自分が「敗者」だったことを暴露したのである [30]。このような文学的、自伝的な間テクスト性はサン -

ランベール対ルソーの哲学・思想史上の対立構図に前者の優位性を印象づけるものとして興味深い。

エピグラフはこれ自体がヨーロッパ啓蒙精神の明快な主張であるが、カラムジーンはこの作者名に竿指して、この概念装置に二重の機能を付与したといえよう。作者名は、思想史的な間テクスト性によって「ルソー対サン-ランベール」、「ルソー対百科全書派」という18世紀の知的エリートたちには周知の構図を鮮明に喚起する。それに加えて、自伝的な間テクスト性 ― 当時のベストセラー『告白』はルソーが受けた打撃的な敗北感を浮上させる ― によってサン-ランベール、すなわち、百科全書派に代表される啓蒙主義の優位性を読者の感性に訴えるのである。このエピグラフは、その作者名が喚起する二重の間テクスト性によって啓蒙主義の普遍性を入念に主張しているといえよう。

さて、プロローグが執筆動機だけでなく、ルソーについて二つの対照的な表象を提示していることに注目してみよう。最初にカラムジーンはルソーの基本テーゼ:「啓蒙は我々に有害であり、学問と徳は両立しない」[31]という命題を示し、幻想と逆説の天才「雄弁なるルソー」の表象を描く。

> 雄弁なるルソーよ、わたしは、なんじの偉大な才能を貴ぶ！汝が同時代人と子孫に明らかにした真理 ― 今やわたしたちの知識の体系から削られることのない真理を貴ぶ。汝を汝の善良な心ゆえに、汝の人類愛ゆえに愛す。しかし、汝の夢想は夢想であり、逆説は逆説にすぎない。[32]

カラムジーンの批判的な文言のなかに「善良な心」、すなわち「善良なるルソー」[33]という肯定的なもう一つの表象が示されていることは興味深いことである。カラムジーンは、「汝が明らかにした真理」に「私は、ルソーが我々に彼自身の『エミール』において明らかにしたあの道徳的な真理のことを言っているのだ」[34]という重要な注をつけたのだが、この注は有名な「サヴォワの叙任司祭の信仰告白」[35]（以下、「信仰告白」と略記）を想い起させ、「善良なるルソー」の表象を決定的なものとするほどなのである。『エミール』は18世紀末のロシアにおいても、― この「信仰告白」ゆえに禁書であったにもかかわらず — 知的エリートの愛読書であり、彼らのほとんどがじつは、「信仰告白」の高度に純化された道徳観念 —「良心論」— に感化されたのだった[36]。カラムジーンの注は「信仰告白」との間テクスト性を喚起し、「善良なるルソー」の表象はこの間テクスト性によって[37]相互補完されるのである。それにしても、ルソーの熱心な読者にとって「善良な」というエピテートはどれほど多くを物語ることであろう。ルソーは生前、いくつかの作品で自分を「地上で最善の人」と定義しており、カラムジーンもこのことを熟知していたはずである[38]。総じて、プロローグはエピグラフにつづいて啓蒙主義の正当性を主張するものであるが、ここでカラムジーンが学問芸術の糾弾者「雄弁なるルソー」の表象とともに、「善良なるルソー」という表象を提示していることを看過してはならない。『学芸啓蒙論』本論では批判の対象としての表象「雄弁なるルソー」と受容の対象としての「善良なるルソー」がたびたび現れるが、両者ともにカラムジーンの対話者として、反論の狂言回し的な役割をはたすであろう。

Ⅲ．前半部分のテーマ：
『学芸論』第１部への反論と啓蒙教化論の構築

はじめに

『学芸啓蒙論』の前半部分（第２段落から第５段落）でカラムジーンはルソーの基本公理「啓蒙は我々に有害であり、学問と徳は両立しない」[39]に対して反論を進めるのだが、じつは、この基本公理は『学芸論』第１部の結論にほかならない。カラムジーンはルソーの基本公理を論難するために、ルソーが拠り所とした二つの公理を想定し、これらを出発点に入念な反論を展開する。その第１番目はルソーが文明批判で示した学問芸術の起源に関する公理「学問芸術はわれわれの悪徳から生まれた」[40]であり、第２番目はその結果についての公理「学問芸術は習俗を堕落させた」[41]である。学問芸術の起源と結果に関する、この二つの公理をカラムジーンは、第５段落までに間テクスト性を援用しながら順々に論難していく。

Ⅲ－１．学問の起源に関する反論

第２段落でカラムジーンは、「それ（学問の起源－杉山注）は人間の魂のもっとも強い衝動である好奇心、すなわち、理性と一体化した好奇心である[42]」と公理を示す。これは、前掲のルソーの公理「学問芸術はわれわれの悪徳から生まれた。」に対するアンチテーゼであり、カラムジーンは「好奇心」という概念装置とその例証として「自然の学」の成立を素描する。さて、「好奇心」をキーワードに『学芸論』のテクストをながめると、ルソーは学問芸術を「われわれの無益な好奇心によってひき起こされた禍」と呼び、その原因を「無益な好奇心」としている[43]。ここで、もう一つのテクストを想い起そう。じつは、カラムジーンの公理は『学芸論』の翌年に出版されたダランベールの『百科全書序文』（1751 年）[44]（以下、『序文』と略記）を援用しているのである。ダランベールは『学芸論』の論難という明確な意識のもとにルソーの文明批判に対抗すべく強力な論陣を張った。ここでダランベールが「好奇心」こそが「学問の起源」であるという見地から「好奇心は、思索しうる人にとっては、ひとつのやむにやまれぬ必要」[45]とし、「純粋な好奇心から出たすべての探究、— 非常に多くのさまざまな部分を含むあの広大な学問」を「自然の学」、「自然の研究」と称していることに注目しよう。ダランベールが実際的な有用性の有無にかかわらず学問の存在価値を広く認める定見を示していること[46]も、— カラムジーンの見解はダランベールと一致している — ルソーとの明らかな相違である。このように、「好奇心」を学問の起源とし「自然の学」の成立をその証左とするダランベールの定見とカラムジーンの見解の間テクスト性は明らかである。

『序文』を援用した論証ののち、カラムジーンはルソーに対して「好奇心」はルソー自身が信奉する自然の働きかけであることを次のように訴える。

> 善良なるルソーよ！汝は、つねに自然の摂理を称賛し、みずからを自然の友、自然の息子と称し、救済をもたらす素朴な自然の秩序に人々が従うこ

とを望んできた！だが、私たちの心に知識への生き生きとした関心を植えつけたのは、自然そのものではなかったか。― 自然こそが私たちを学問にいざなうのではないか。[47]

ここで、プロローグで示された「善良なるルソー」の表象とルソーの思想の根幹をなす「自然」というキーワード ―「自然の賢明さ」、「自然の友」、「自然の息子」、「自然の法則」というくり返しによってカラムジーンは論敵ルソーに接近する。そして、「好奇心」を「自然」が私たちに植えつけた「知識への生き生きとした関心」、「自然のいざない」という、ルソー自身もじつは主張したことのある「自然」に連関する比喩をカラムジーンは雄弁にくり返すのだが、その目的はなにか。カラムジーンの言説―「自然」を根源とする「知識への生き生きとした志向」とは、じつは、ルソー自身が『エミール』で説いた「知識をもとめようとする精神の活動」や「人間の心に自然にあたえられたもの」という「自然の好奇心」[48]のパラフレーズそのものなのである。つまり、カラムジーンは「自然」に連関するさまざまな概念装置によって『学芸論』の枠を超えて『エミール』を想起させ、「学問の起源を好奇心」とし、「好奇心」を肯定しルソーの主張を援用しているのである。総じて、第２段落でカラムジーンは学問の起源について、まず、その起源を人間生来の「好奇心」とするダランベールの『序文』に与し、その起源を人間の「悪徳」としたルソーの公理を論難した。そして、これを補完するように、この公理を「好奇心」をめぐる『エミール』との間テクスト性によって無効にし、学問の起源を擁護したのである。

Ⅲ－２．芸術の起源に関する反論

ルソーは学問だけでなく芸術の起源も「悪徳」であるとし、その存在価値を否定した。これに対抗して、カラムジーンは第３段落で、古典古代から近代までの芸術論を縦横無尽に用いて反論しているようである。とはいえ、カラムジーンのテクストは『序文』をふたたび想い起させる。カラムジーンは『序文』のダランベールの発想と言説を借用した四段階の論証を試みているのではないだろうか。第一段階でカラムジーンは「芸術の本質とは何か。」という問いに「自然の模倣である。」[49]という根本理念 ― 自然を模倣する技術（ミメティケ・テクネー）であって、その技術とは自然を模倣し越えるもの[50]だ、という理念 ― を提示する。これは18世紀当時、古代ギリシアで「模倣的再現」とされた「芸術」の定義がヨーロッパで再興していたという背景[51]があってのことだが、ダランベールも「自然の模倣」が「古代人たちにあれほどよく知られもてはやされたものである」と述懐する[52]。したがって、カラムジーンの「自然の模倣」というキーワードは古代ギリシアの芸術理念であるとともに、当時の知的エリートにとっては『序文』のテクストを喚起する概念装置であり、カラムジーンはダランベールに与していたといえよう。さて、第二段階ではカラムジーンは、「いったい何が私たちに自然を模倣するように、つまり、芸術の創造に導くのだろうか」という問いを発し、「生活の快適さ（便宜ともいう－杉山注）と人生の楽しみ」の二つを答とする[53]。このような問いと答えの意義は何か。じつは、ダランベールは上述の第一段階に続いて、「自然の模倣をもくろむものは、主として楽しさを目的とするために「芸術」と名づけられた」と述べるいっぽうで、「これ（「芸術」－杉山注）より必要であるか有用である自由技芸」という、「芸術」を包括する大きな範疇「自由技芸」を提唱している[54]。したがって、カラムジーンが示した芸術の目的はダランベールが提示した ―「必要性、あるいは有用性」と「楽しみの必要」という分類に類似しているのである。そして、カラムジーンの問答はダランベールの見解を喚起する修辞法であるといえよう。では、このようにして呼び込まれた間テクスト性がつづく第三段階でどのように展開するか、見てみよう。芸術に関する諸概念と分類が喚起する間テクスト性の証左として、カラムジーンは建築、音楽、絵画、詩、など諸分類の発展過程[55]を描く。これはダランベールが「模倣に基づく知識」（この場合、「芸術」をふくむ「自由技芸」のこと－杉山注）に与えた諸定義とその具体例[56]を踏襲しているのだが、たとえば、建築について『序文』の「藁ぶき小屋から宮殿まで段階をへて到達した」[57]という記述は、『学芸啓蒙論』の「原初のあばら屋からルーブルの柱廊へ」[58]に呼応しているようである。音楽については「その起源において噪音を再現する役目しかもたなかっただろうが、— 音響を自然のうちにもとめ、— 諧調ある描写を私たちに提供する」[59]という表現が、カラムジーンにおいては「素朴な葦笛の原初の音からハイドンの交響曲」[60]というように「諧調ある描写」が「ハイドンの交響曲」となっているのは、— カラムジーンがヨーロッパ旅行中にハイドンを聞いているだけに — なおさら興味深いことである。最後に、第四段階の間テクスト性について考察しよう。カラムジーンは人間が快適に暮らしたいと欲するなら「有益な技芸」が、人間が楽しく暮らしたいと欲するなら「優雅な芸術」が生まれる、とし、両者に優越をつけることなく「欲求」という見地からその存在意義を並置する[61]。ここで、カラムジーンが「有益な技芸」と「優雅な芸術」を「欲求」という共通の尺度をもって両者を相対化し、どちらも排除していないことに注目しよう。このような見解は、私たちを再び『序文』に立ち返らせるのである。すなわち、ダランベールは「すべての知識（ここではすべての技芸、芸術の意味 - 杉山注）が私たちの必要 — 生存にかかせぬ必要にせよ、便宜や楽しさの必要にせよ、はては単に習慣や一時の気まぐれの必要にせよ、— に関係する」[62]と主張し、必要性の見地から「自由技芸」と「芸術」に優越をつけず、「有益」という判断基準をもち込まない、という姿勢を一貫してとっているのである。さて、ダンランベールの『序文』になぜ、このような論述があるのだろうか。じつは、ルソーは『学芸論』で「有益な技芸」を高く評価するいっぽうで、「芸術」を断罪したのだった[63]。ダランベールはこれに対抗し百科全書派のイデオローグとして「すべての知識（「芸術」をふくむ「自由技芸」- 杉山注）を擁護しなければならなかったといえよう。ひるがえって、カラムジーンもルソーの芸術批判を論難するという同様の目的があり、ダランベールの『序文』にある芸術、技芸の分類に関する間テクスト性に掉さして自らの論陣を強化することで、ルソーへの反論に成功しているのである。

以上、第３段落における反論の成功は『序文』との間テクスト性に負うており、簡潔で奥行きの深いテクストの展開についてはカラムジーン自身がダランベールの論陣を自家薬籠中のものとして段階的に間テクスト性を構築した結果にほかならない。第一段階で「自然の模倣」という古代からの芸術の根本理念を、第二段階で「生活の快適さ（便宜ともいう－杉山注）と人生の楽しみ」という芸術の近代的な起源と目的、そして、分類についても、カラムジーンはダランベールと間テクスト性を介して共有する。さらに、第三段階で「自然の模倣」から「便宜と楽しみの必要」、すなわち、古代から近代に形成された諸芸術について発展の具体例をカラムジーンはダランベールから借用している。そして、第四段階でカラムジーンは「有益な技芸」と「優雅な芸術」という新たなキーワードによって『序文』との間テクスト性を再び喚起した。しかし、これは第二段階で見た間テクスト性よりもさらに明確に「有益さ」と「楽しみ」による技芸の分類を鮮明にし、ルソーによる芸術の存在価値の批判を論難したダランベールのテクストを強力に呼び込むものであった。以上のとおり、カラムジーンの明快な論理展開はダランベールの創意を援用すべく、間テクスト性に下支えされていたのである。これによって、カラムジーンは芸術をその起源からその存在価値まで擁護し得たといえよう。

Ⅲ－３．啓蒙教化論の感性的な構築

第４段落で、カラムジーンは第２、第３段落で論証した学問芸術の起源と存在意義をふまえ啓蒙教化論を展開していく。

> 芸術と学問は必然なのだ。それらは人間生来の志向と才能の成果であり、芸術と学問は、行動が動機と連関し断ちがたく結びついているのと同じように人間の本質と結びついているからである。芸術と学問の進歩は人間精神が時代とともに炉の中の金のように純化され、大いなる完成の域に近づいていることを示しているのだ。[64]

このような芸術、学問の進歩にともなう人間精神の進歩の主張は、筆者が「本論Ⅲ．はじめに」で示したルソーの第２番目の公理「学問芸術は習俗を堕落させた」に対するアンチテーゼであろう。そして、この公理への反論は、人間精神の進歩の論証というかたちで第４段落と第５段落で完了

する。まず、カラムジーンは第４段落の中心にスイスの博物学者シャルル・ボネとのエピソードを据えている。つまり、「ボネ」という名前、およびボネの自伝的なエピソードが創造する、ある文学美学的な間テクスト性によって啓蒙教化論への共感を読者に呼び覚まし、読者の感性に強く訴えるという手法をとる。そして、最後にカラムジーンはプロメテウスのエピソードを挿入し啓蒙教化論を神話化するのである。

ボネのエピソードはカラムジーンとの交流の実話をもとにつくられている。ボネは18世紀中葉に自然科学を基礎として出現した新たな世界観(パラダイム) ―「科学によって生活は楽しく美しくものとなった」― の重要な啓蒙思想家のひとりである[65]。カラムジーンは『手紙』でヨーロッパ旅行中に「偉大なボネ」をジュネーヴに訪ね、ボネが自著をカラムジーンが翻訳することを勧めたこと、疑問点についてボネが説明してくれたことなど、ボネとの親交について詳述している[66]。つまり、18世紀ロシア文学のベストセラー『手紙』の読者たちは「偉大なボネ」とカラムジーンが啓蒙主義の固い絆で結ばれた師弟関係にあったことを知っていたのである。彼らにとって本段落のエピソードの背景にある『手紙』との間テクスト性は周知のことであった。

では、ボネのエピソードそれ自体が喚起する間テクスト性はどうだろうか。このエピソードはこれまで検討してきたカラムジーンの反論とは異なり、抒情的逸脱という感性直接に訴えるスタイルを特徴としている。しかしながら、カラムジーンの詩的工夫はこればかりではない。このエピソードには18世紀ヨーロッパのベストセラーのひとつ『エミール』第４編「サヴォワ人叙任司祭の信仰告白」― 情感あふれる崇高な「信仰告白」― との間テクスト性を喚起する三つの概念装置が含まれているのである。まず、第一番目に冒頭の情景描写「時間と場所」の設定を見てみよう。

> わたしは覚えている ― そしていつまでも忘れないだろう ― ある日のこと、わたしたちの哲学者(フィロゾーフ)のなかでもこのうえなく善良で愛すべき偉大なボネは、わたしとジュネーヴ湖のほとりで沈みゆく太陽とレマン湖の黄金のさざ波を眺めながら、人類の理性の進歩についてこう言った。[67]

スイスの自然を舞台とするこの情景描写は当時の読者には、ルソーのある特別な文学テクストをよみがえらせるものであった。ルソーは「信仰告白」の冒頭で告白のための「適当な時と場所」を決める必要があるとしたうえで、ポー川の流れとアルプスの山なみを背景に朝日が平野に注ぐ美しい光景を描写し[68]、これに「まるで自然は、わたしたちの前に壮麗な景色をくりひろげて、わたしたちの話のテクストを提供しているようだった」という回想を添えている[69]。カラムジーンの描写と比較すると朝と夕方、湖と川というディテールの交代こそあれ、どちらも太陽の光溢れ、水を湛えたスイスの情景と著者の自伝的回想という結合スタイルで、自然と融合した告白の舞台を提供する詩的な描写である。したがって、カラムジーンの情景描写は「信仰告白」との間テクスト性を思い起こさせる概念装置といえよう。

第二番目の概念装置について、ボネが人類の進歩と到達すべき至福の領域について崇高な預言者のごとく語る場面に注目しよう。

> 友よ！思索する者は、いく世紀ののちに哲学の道に立ちこめていた闇が消え失せ、私たちのきわめて大胆な予感の暁がいつの日か約束の太陽となることを期待できるし、そう期待すべきなのだ。—[70]

この場面は「天空の光はジュネーヴの哲学者（フィロゾーフ）の顔を照らしていたのだが、わたしは預言者の声を聞いたように思えた」[71]という「わたしと預言者」の存在を印象づける構図で終わる。ところで、ルソーの「信仰告白」のクライマックスも「わたしは、神のようなオルフェウスがはじめて神々を讃える歌をうたって、その信仰を人々に教えているのを聞いているような気がした」[72]という「わたしと預言者」の表象とともに終るのである。ボネのエピソードで提示された「わたしと預言者」という構図と「信仰告白」をつなぐ間テクスト性は明瞭である。最後に、第三番目の概念装置についてだが、先に言及したように当時の読者にはカラムジーンとボネの「師弟関係」が知られていたことを思い起こそう。ひるがえって、ルソーの「信仰告白」はじつは、「わたしと預言者」という構図に「信仰告白」をする偉大な師を仰ぐ弟子という「子弟関係」の構図が重なった二重構造を特徴としている。したがって、カラムジーンの『手紙』との間テクスト性に裏打ちされ、このエピソードに再現された「師弟関係」は「信仰告白」との間テクスト性を二重に喚起しているのである。ついでながら、当時、「師弟関係」の構図、— ルソーの「信仰告白」を起源とするのだが —、はロシア文学では流行っていたのである[73]。閑話休題。ボネのエピソードに組み込まれた三つの概念装置、すなわち、情景描写、「わたしと預言者」の構図、「師弟関係」の構図はこのエピソードと「信仰告白」との間テクスト性を確実なものとしているのである。

ところで、本段落でカラムジーンはなぜ、ボネの存在を中心に据えたのだろうか。その効果はそれほど絶対的であったのか。間テクスト性についてルソーの存在が明らかとなった以上、ボネとルソーの文学、思想的な敵対関係を無視することはできない。実際、ボネは『人間不平等起源論』への反論『フィロポリスの手紙』をメルキュール・ド・フランス（1755）に寄稿したその時点から、ルソーの学問芸術批判に反対する立場をとり、さらに『エミール』を出版後は猛烈な敵対者の一人となった[74]、といういきさつがある。また、カラムジーンの『手紙』によるとボネはルソーを「偉大なる雄弁家」、その文体を「音楽」と称したものの、その哲学を「砂上の楼閣」と呼びルソーへの反感を表わにしていた[75]。また、この両者の対立は『手紙』でボネ自身が語ったように、双方がジュネーヴ共和国の誇り高き市民であり同胞であることからいっそう深刻であった[76]。したがって、ロシアの知的エリートは間テクスト性から浮上した「ボネ」、「ルソー」という概念装置から両者の対立構図を確実に読みとっていたことであろう。

結論として、カラムジーンはボネとルソーの敵対関係という文学、哲学的な事象を前提に自らをボネの側に位置づけながら、ボネに人間精神の進歩論をルソーが創出した「信仰告白」の感動的なスタイルで語らせるという厚みのあるテクストを創造したのである。別の言い方をすれば、カラムジーンはボネの弟子の目線で論敵ルソーの「信仰告白」の文学パロディ[77]を演出し、ルソーの公理とは反対に啓蒙の進歩論をボネに託した、ということになろう。カラムジーンは文学パロディという文学、美学的な感覚に強く訴える趣向で啓蒙教化論を唱えてみせたのである。

最後にカラムジーンは ― あたかも『学芸論』の論調のように ―「プロメテウスの火がこの地上から消えることは決してありえない！」[78] と神話の世界へ読者をいざない、感嘆語法をもって啓蒙の進歩論を突然、断言する。カラムジーンがこのようなかたちで、ルソーが挿入したプロメテウスのエピソード [79] ― 学問芸術が人間に不利益をもたらす、という教訓のこと ― に反論し啓蒙教化論を神話化していることは、まさにカラムジーンの雄弁の証左であろう。先行するテクストは「信仰告白」との間テクスト性によってすでに神話的なレベルに格上げされていたわけだが、このエンディングは本段落の感動を昇華させる漸増法である。だが、さらに肝要なことは「プロメテウスの火」という概念装置が『学芸論』との間テクスト性を喚起しテクストに緩急をつけ、読者を神々しく抒情的な「信仰告白」の世界から『学芸論』をへてギリシア神話の世界に導いていることであろう。その目的は啓蒙教化論があざやかに神話化されることに尽きる。第４段落でカラムジーンは、ボネとプロメテウスの２つのエピソードが呼び込む重層的な間テクスト性によって読者に知的な感動を与えつつ、啓蒙教化論への共感を呼ぶことに成功したのである。

Ⅲ－４．啓蒙教化論の論理的な構築

第５段落の目的は前段落で神話化された啓蒙教化論を論理で再構築し、これを決定的なものとすることである。カラムジーンは前段落で感性的な手法で啓蒙教化論を構築したが、本段落ではもっぱら論理性を重視したスタイルで啓蒙教化論を三段論法で論証していく。まず、カラムジーンは人間本性が道徳的に善良であり、それゆえ学問芸術は善である、という大前提を修辞法の工夫によって即座に構築する。次に、「学問は習俗を堕落させる。私たちの啓蒙の世紀がその証拠だ」[80] というカラムジーンが創作したルソー風の公理を、「無知な時代のほうが人間は善良であった」という暗黙の逆説に単純化し、これを「歴史からの帰納」[81] によって全面的に否定していく [82]。最後に、カラムジーンはダランベールの論法にならって啓

蒙の道徳的な効用を論弁し、「私たちの時代にきわだって特徴的な」美徳、「私たちの啓蒙の世紀」こそが美徳の証（あかし）である ― これは先にカラムジーンが提示したルソー風の命題「私たちの啓蒙の世紀がその（堕落の－杉山注）証拠だ」の逆である ― というサンテーゼを宣言し[83]、啓蒙教化論の論証を完了する。以上をふまえて第５段落を見てみよう。本段落の論証には『序文』や「信仰告白」のほかにも、新たにさまざまな間テクスト性が明らかとなるであろう。

第１段階は大前提の構築である。ここでは逆説による修辞法が用いられる。カラムジーンは冒頭で啓蒙教化論に対する逆説をつぎのように提示する。

> もし本当に芸術と学問が悪だとすれば、それは必然的な悪だ ― 私たち本性そのものから生じた悪であり、自然はこの悪のために私たちを創ったということだ。[84]

言い換えれば、― 学問芸術は悪である、なぜなら「自然」（カラムジーンの文脈では「創造主」、「全能の神」ともいわれる）が人間本性を悪であるように創ったからだ ― という公理になろう。カラムジーンはこれに反論し、再び逆説的な反語で大前提の構築を次のように締めくくる。

> 好奇心と理性の結果が心の平安と徳性に必ずや有害である、というなら、はたして、全能の神は人間に好奇心と理性を授けただろうか。[85]

この反語表現には人間に望ましい精神性として「平安」と「徳性」が示されているが、精神と道徳的な意味で心の「善き状態」すなわち「善性」に止揚されるものであろう。しかし、この反語表現は学問と芸術が人間の「善性」を害するものではない、と主張しているものの、これのみでは冒頭の逆説を完全に覆したことにはならず、人間本性についての反論は中途半端なようである。では、カラムジーンがテクストに組み込んだ「全能の神」（「自然」、「創造主」ともいわれる）というキーワードに注目してみよう。段落冒頭の逆説はすでにルソーの修辞法を想起させるものであるが、人間本性の善性と「自然」、「全能の神」にかかわる言説は下記のとおり、「信仰告白」との間テクスト性を呼び込んでいると考えられる。

> 道徳的な善がわたしたちの本性にふさわしいものであるなら、人間は善良であるかぎりにおいてのみ、健全な精神をもつ人間、よくできた人間でありうるにちがいない。[86]
> 不徳が神聖な権威の鎧をつけて、神々の住むところから降りてきたところでだめだ、道徳的な本能は人間の心からそういう不徳を追いかえしてしまう。[87]

このような「道徳的な善」、「善良さ」、人間本性の善性はルソーの思想的根幹をなすもので、『エミール』、とりわけ「信仰告白」ではこの点が前面に表れているのである。したがって、カラムジーンが反語表現で止(とど)めた言説の後半は読者に「信仰告白」との間テクスト性を想起させ、人間本性はルソーが幾度も主張したように「善性」である、と納得させる修辞法なのである。これによって冒頭の逆説的な公理は覆され、「自然」、「人間の本性」、「学問と芸術」はすべてが「善性」を特徴とする結論となる。つまり「人間本性は道徳的に善である、それゆえに学問と芸術は善である」ということになる。カラムジーンは本段落の目的である大前提の構築を修辞法の酷使と「信仰告白」との間テクスト性を用いて、即座に成し遂げることに成功したのである。

第１段階で「人間の本性は道徳的に善である、それゆえに学問芸術は善である」という大前提の論証を完了したのち、第２段階でカラムジーンはまず「学問芸術は習俗を堕落させる。私たちの啓蒙の世紀がその証拠だ」というルソー風の公理に対する反論をはじめる。しかし、先に指摘したとおり、カラムジーンはこれを歴史を遡りつつ「無知な時代のほうが人間は善良であった」という、じつはルソー的な公理[88]に簡略化し、視座を古代に移す。そして、過去の時代のほうが習俗が堕落していたことを検証し、「歴史からの帰納」によって「学問芸術が習俗を堕落させる」ことを否定したのである。これはなぜか。ひとつには、カラムジーンが公理を論難する際に、ルソー自身が『学芸論』第１部でおこなった「歴史からの帰納」というスタイルを模すならば、修辞学的な洗練と見なされるからであろう。また、その手段として古代を舞台とする２つの小品、すなわち、ルソー作『パストラル』の原作（グレッセ作）[89]、および、『エフライムのレヴィ人』[90]を援用し、これらの作品を「歴史からの帰納」の素材としていることは秀逸な詩的工夫である。カラムジーンがルソーの自伝や人生そのものに深くかかわるこれらの小品を熟知し、ルソーの熱心な読者であったことが明らかである。

さて、「歴史からの帰納」によって「無知の時代のほうが人間は善良であった」つまり、「学問芸術が習俗を堕落させた」という古代に遡る公理が否定されたところで、論弁の第３段階が始まる。実際は、先のルソー風の公理「学問は習俗を堕落させる。私たちの啓蒙の世紀がその証拠だ」に対する反論を完成すること、― 公理の後半にある「私たちの世紀」とは「現代」のことであるから ― ここで「現代」の習俗を肯定する弁論をおこなうことが目的である。まず、カラムジーンは啓蒙による道徳的な進化を示す。

> 汝は現代を洗練された偽善と欺瞞の時代である、と断罪する。だが、現代という時代が、かつてないほどに悪徳を美徳の仮面の下に隠そうとするのはなぜか。それは、現代が悪徳を以前よりも忌み嫌うからではないだろうか。これこそ、私たちの名誉にかかわることである。さて、もしこれが啓蒙に負うことなら、啓蒙は道徳に有益であり道徳を救済する、ということだ。[91]

カラムジーンはこれに対するアンチテーゼを提示するが、即座に例証を用いて帰納し「美徳への第一歩とは、― 悪徳の醜悪さを認識することである」[92]という重要な結論を述べる。「悪徳の醜悪さを認識することで」美徳を知る、という「知識」のありかたは、じつはダランベールが『序文』で述べている「私たちが同胞の悪徳によって経験する禍が、これらの悪徳に対立する美徳の反省的知識を私たちのうちに生み出す」[93]という定見を想い起させるのである。つまり、カラムジーンの結論は『序文』との間テクスト性を喚起し、「美徳の反省的知識」[94]という概念に遡る。カラムジーンはダランベールの定見をよりどころに習俗の堕落の回避と啓蒙教化の「現代」における実効性を論弁したのである。

総じて、前半の最終段落でカラムジーンは人間本性が道徳的に善良であることを大前提に、学問芸術が人類の徳性を高めるという啓蒙教化論の構築に成功した。多様な作品、すなわち、「信仰告白」、『パストラル』の原作、『エフライムのレヴィ人』との間テクスト性を喚起し、これらの作品に内在する反証を積み重ねることで、カラムジーンはルソーが理想化した「古代」を否定した。そして、『序文』との間テクスト性によって百科全書派の定見「美徳の反省的知識」を借用し、啓蒙教化論を論証したということになろう。最後に、『学芸啓蒙論』の前半全体を見渡してみよう。カラムジーンは、ルソーの基本公理「啓蒙は我々に有害であり、学問と徳は両立しない」を論難していく過程で二つの論理基盤 ―「学問芸術はわれわれの悪徳から生まれた」および「学問芸術は習俗を堕落させた」という、起源と結果に関する二つの負の公理 ― を示し、これらの論拠を順々に論判し啓蒙教化論を構築した。カラムジーンは学問芸術の起源の検証にはじまり、啓蒙教化論の感性的な論証をへて、ついに人間本性の善性を大前提に啓蒙教化論の論弁を完了したのである。ひるがえって、このことは前掲の基本テーゼ「啓蒙は我々に有害であり、学問と徳は両立しない」[95]が前半部分ですでに論難されたことを意味する。これについて解釈の射程を広げれば、この啓蒙教化論は、『学芸論』の冒頭にある「学問や芸術の復興は、習俗を純化するに役立ったのでしょうか、それとも*習俗を堕落させるのに役立ったのでしょうか*」[96]というルソー・オリジナルの問いに対するカラムジーンの回答である。カラムジーンは、ディジョン・アカデミーの課題[97]に時空を越えて自分の「学問芸術論」を表明したとも言えよう。

Ⅳ. 後半部分のテーマ：『学芸論』第２部への反論と学問芸術および啓蒙による「徳の国家社会論」の完成

はじめに

カラムジーンは『学芸啓蒙論』の前半で、ルソー流の基本テーゼ「啓蒙は我々に有害であり、学問と徳は両立しない」を否定し啓蒙教化論を構築した。これはルソーが『学芸論』第１部で学問芸術が人類に及ぼす害悪を論証したことの逆であり、さらに学問芸術が人間社会と国家に及ぼす影響について肯定的な評価を約束するものではないだろうか。後半部分（第６段落から第９段落）の論理展開のテーマは、この視座からの学問芸術の本質に関する考察である。カラムジーンは啓蒙の社会道徳的な意義を論証し、これを基盤に国家社会論を構築していく。ところで、ルソーが『学芸論』第２部で学問芸術の根源的な欠陥として「奢侈」、「時間の浪費」、学問の「誤謬」の三つを指摘し、これらを論拠にまず「徳」の消滅、次に「市民状態」と「国家」の堕落、最後に「徳」の国家の不成立を演繹したことを想い起そう。カラムジーンは「徳」の重要性に依拠しつつ学問芸術および啓蒙と国家の関係について三段階構成で論弁する。すなわち、第一段階（第６、第７段落）ではルソーが提起した三つの論点から学問芸術と国家の関係を、第二段階（第８段落）で学問芸術と人間性の関係を再構築し、第三段階（第９段落）で学問芸術および啓蒙と国家の関連を「市民状態」という視座から論証し、最終的に「徳の国家社会論」を構築するにいたる。カラムジーンはルソーの論点を論駁しつつ「徳の国家」の成立を演繹していくのだが、後半部分の論理展開は ― 前半部分が『学芸論』第１部の帰納法に倣っていたように ― 第２部の演繹法のスタイル[98]を踏襲している。その際、間テクスト性の射程は拡大し、すでに指摘した『学芸論』、『告白』、『エミール』、そしてダランベールの『序文』以外に、『社会契約論』や『ダランベール氏への手紙』に及ぶであろう。最終的にカラムジーンは、ルソーが『学芸論』のはじめに提示した「堕落した人間精神の「欲求」によって高められた玉座」の表象の代わりに、「美徳」の鎮座する玉座の表象を掲げるのである。

Ⅳ－1.「奢侈論」への反論 ― 学問芸術と国家の関係

第6段落でカラムジーンが論じているのは「奢侈」の問題である。これはルソーが『学芸論』第2部で「学問と芸術それ自体」[99]について考察し、国家に及ぼす害悪として奢侈批判をしたことに関連している。第6段落はルソーの「奢侈論」― ルソーはスパルタを例に「奢侈」が増殖しなかった国家の繁栄について、アテナイ、ローマを例に「奢侈」とともに増大した学問芸術に起因する国家崩壊について語った[100] ― に対するカラムジーンの異議申し立てである。まず、カラムジーンはルソーが「彼らの徳は人間ばなれをしているかのように見えた ― 共和国」[101]と称したスパルタの美徳と、「上品さと風雅さとの住みかとなり、雄弁家と哲学者の国」[102]アテナイの堕落という2つの対照的な事例を検証する。前者についてスパルタにおいても学問芸術が栄えていたこと、また、彼らの「徳」とは厳密には「武徳」であったことをカラムジーンは指摘する。また、人間は「無知」ゆえに「有徳」であるというスパルタを例証とするルソーの主張が成立不可能であることを明確にし、「無知」と「有徳」の相関関係は否定される[103]。他方、「奢侈」が広まるあいだに真の勇気は萎縮し武徳が消滅した[104]、というアテナイの堕落についてカラムジーンはフォキオン、ソクラテスなど文武両道に優れた有徳な偉人たちの存在を列挙し、学問芸術と「武徳」の両立を論証し[105]、学問芸術と「武徳」の二律背反を否定することに成功する。

つぎに、カラムジーンは学問芸術と習俗の堕落の因果関係を「奢侈」の見地から再考していく。ルソーが「ファブリキウスの弁論」によってその習俗の堕落を批難した「かつては徳の殿堂であったローマ」[106]を俎上に載せ、学問芸術と習俗の堕落の相関関係について小カトーやスキピオ一族のような、ローマの偉大な武人たちは学問芸術に勤しんでいたことを指摘する[107]。他方、カラムジーンはキケロが国家の重大な危機に果敢に対処した実例によって偉大な学者の武徳を示す[108]。このように、カラムジーンは武人と学者の双方向的な論法によって学問芸術が習俗の堕落の原因ではないことを明らかする[109]。さらに、カラムジーンは国家社会論の見地からローマ帝国崩壊に「過度の奢侈」は確かに致命的であったが、帝国崩壊の直接的な原因は戦争であるとし、「奢侈」と国家崩壊の直接的な因果関係を否定する[110]。だが、結局のところ、上述のような史実を例証とする反論のみでは、ルソーが論証した社会全体にわたる学問芸術と習俗の堕落との因果関係 ― これが「奢侈論」の真髄であるが ― を根本的に論難するには不十分であろう。

したがって、カラムジーンは学問芸術の根源的な発展要因を浮き彫りにして、ルソーが示した「奢侈が学問芸術をはぐくむ」[111]という「奢侈論」の大前提を覆す論法をとるのである。ここで、ルソーが学問芸術の発展要因について「奢侈が学問や芸術を伴わないことは稀であり、学問や芸術が奢侈を伴わないことも、またけっしてありません」と述べ、学問芸術と「奢侈」さらには「富」との密接なつながりを批判したことを想い起そう。ルソーは国家社会論の見地から「よき習俗」は国家の存続に欠くことのできないものであるとするいっぽうで、「奢侈」を「よき習俗」の対極に位置づけ、「奢侈」、「富」、およびこれに付随する習俗の堕落を温床に育くまれる学問芸術は国家の存続を脅かす、という公理を確立している[112]。この奢侈批判を論難するにはおそらく、カラムジーンが「奢侈」、「富」と学問芸術の発展との連関を否定するばかりでなく、学問芸術発展の別の要因を提示する必要があろう。実際、カラムジーンは「芸術それ自体の成功は、決して富に依存しない」[113]という公理を提示し、学問芸術と「奢侈」、「富」[114]との連関を断ち、芸術の営為における「富」と「富の確かなしるしである奢侈」[115]の必要性を否定するのである。では、芸術の営為は何に依存するのか。カラムジーンが、芸術の営為を創造する側と芸術を享受する側という二つの観点を示している[116]ことに注目しよう。カラムジーンは真の芸術作品を創造するには「天才」が、偉大な芸術作品を楽しむには「趣味」が必要であるという定見を述べる。じつは、この「天才」と「趣味」の二項対立はダランベールの『序文』との間テクスト性を喚起するものであろう。つまり、カラムジーンの定見は「天才は創造する感情であり趣味は判定する感情である」[117]というダランベールの定見に遡ることが明白なのである。カラムジーンはダランベールのテクストを援用し、学問芸術の発展の要因が「奢侈」や「富」ではなく「天才」と「趣味」とする定見を示すことで反論に成功したのである。

以上、第６段落の「奢侈論」に対する反論は四つの段階からなるものであった。第一段階でスパルタを例に「無知」や「奢侈」の否定が良俗や「有徳」の保証とはならないこと。第二段階でアテナイを例に学問芸術と「有徳」や「武徳」が両立すること。第三段階でローマを例に「奢侈」が「国家」崩壊の間接的な原因であるが、直接的な原因ではないこと。しかし、第四段階でカラムジーンは『序文』との間テクスト性によって決定的な論難の筋道 — アンチテーゼの構築をなすものとして — をたて、ダランベールの言う「天才」と「趣味」の必要性に与した。その結果、学問芸術と「奢侈」の因果関係を断ち、ルソーの公理を否定することに成功したのである。

Ⅳ－２．「誤謬論」への反論 — 学問芸術と人間性の関係

第７段落は、カラムジーンの「*学問にはどれほどの誤謬があることだろう！*」[118] という詠嘆法に始まる。これはルソーの「誤謬論」の冒頭にある「なんと多くの危険、なんと多くの偽りの道が、学問の探究の中にあることでしょう。真理にいたるには、— どんなにか多くの誤謬を通らなければならないことか」[119] という詠嘆法に明らかに連動している。じつは、カラムジーンの詠嘆法はルソーの「誤謬論」との間テクスト性を前提に、「真理を確実に認める（認識する－杉山注）こと」は不可能に近い [120]、というルソーの結論について再考を促しているのである。ここでのカラムジーンの目的は、「誤謬論」を否定し学問の目的を肯定することであり、これによって前段落の結論 — 学問芸術は国家崩壊の要因ではない — は再び補強されることになろう。まず、カラムジーンは「至高の知性」の導きによって学問の目的は達成される、という反対弁論を展開する。

> 学問の目的は*真理*である。学問における誤謬とは、つまり、余計な悪瘡のようなもので遅かれ早かれ消えるものである。— 至高の知性は、こうした

> さまざまな困難のために私たちが真理から遠ざかることを望まない。なぜなら私たちは困難を克服することができるし、しかもそれと戦いながら、ある喜びを自分の心の奥底に感じるからだ。これこそ、私たちが私たちの定めに調和して行動しているという確かな印なのだ！自然は真理を、― 哲学者デモクリトスによれば ― *深い井戸の底に*ときどき隠すが、私たちが心地よい探究をもっと長く楽しみ、それによって自然の美もっと生き生きと感じることをひたすら望んでいるかのようである。[121]

カラムジーンの言う「至高の知性」は人間を「真理」に導く何ものかであり、たとえ「自然」が障害を設けて「真理」を隠しても、「至高の知性」は私たちが「真理」を探究することを望む。さて、こうした見解はダランベールが『序文』で明らかにした「至高の知性」の意義を想起させるのだが、ダランベールは「至高の知性」が私たちを「正しい道」へ教導し、学問の誤謬は「啓示宗教」を介して修正されるという、さらに具体的な定見を示す。

> 至高の知性は、一人間の好奇心をもてあそぶことを欲したかのように見えるのである。この宇宙は、崇高な難解さをもつある種の書物にたとえられよう。その書物の著者たちは、読む人々の理解できる所まで、ときどき降りてきて、その読者がその書物のほとんど全部を理解していることを納得させようと試みるのである。もし、私たちがこの [宇宙の] 迷路の中に入っていくのならば、正しい道を決して離れることがなければ幸いなるかなである。― それゆえ、― 私たちを教導してくれるひとつの「啓示宗教」ほど必要なものはない。それは自然的な [理性による] 認識の不足を補う役目を果たすように定められて、私たちには隠されていたことの一部を私たちに教える。[122]

ダランベールは、「至高の知性」は「自然」が人間に課した「認識の不足」にもかかわらず、人間に「真理」を認識させるよう働きかけるが、その際、「啓示宗教」が人間の陥る誤謬を解決するとしている。「至高の知性」が「自然」の欠陥をおぎない、人間に「真理」を伝達するということであるが、これは、「至高の知性」が誤謬を克服する導き手であるというカラムジーンの主張と一致している。ではなぜ、カラムジーンは「啓示宗教」という言葉を用いなかったのか。じつは、エカテリーナII世が『エミール』、特に「信仰告白」を禁書とし、他方、『百科全書』の翻訳もフランス革命の影響により滞っていた検閲状況下において、理神論を唱えるルソーやダランベールの「啓示宗教」に言及することは容易なことではなかった[123]。したがって、この言葉を用いずに、「誤謬」が「至高の知性」を介在として克服される、というカラムジーンの婉曲な表現は理由があってのことである。したがって、本段落の反論テクストは『序文』との理念上の間テクスト性を特徴としているといえよう。

テクストをさらに間近に観察してみよう。上述の間テクスト性にもかかわらず、カラムジーンとダランベールのテクストを比較すると両者の文体的な違い、つまり前者の感性的な文体と後者の理知的な文体の差異に気づかざるおえないであろう。たとえば、前掲のダランベールのテクストに比べ、下記のカラムジーンのテクストには「感じる」、「感情」というキーワードが頻出し、感性的な体験が明らかに基調となっている。

> 自然の賢明な摂理やその目的から逸脱すると、普通は自分の心にある種の寂しさ、不満足感、不快感を覚える。この嫌悪の感覚は私たちに、「おまえは、自然が予定した道から外れたのだ。そこへ戻るがよい！」と言っているのだ。— これと反対に、私たちの定めに、あるいは、偉大な創造主の意思に調和して行動する時は常に、ある種の静かな満足や静かな悦びを覚える。この感情は私たちに、「おまえは自然が汝に予定した道を歩んでいる。そこから外れてはならない！」と言っているのだ。[124]

ひるがえって、感性を基調とするカラムジーンのこのような文体は、次に引用する、ルソーが「信仰告白」で「感覚的な事物の印象」[125]と「生まれながらにもつ光によって原因を判断させる内面の感情」[126]の働きによる真理の探究プロセスを語った際の感性的な文体に類似し、カラムジーンの文体がルソーに遡ることを示唆しているといえよう。すなわち、ルソーにおいては魂の語りかけによる「内面の感情」の声が肝要であり、実際、「感じる」というキーワードがくり返され感性的な文体が強調されている。

至高の存在者よ、—。私の理性のいちばんふさわしいもちいかたは、おんみのまえに自分をむなしくすることだ。— そこにはおんみの偉大さに圧倒された自分を感じることから生まれる魅力がある。

こうして、感覚的な事物の印象と、わたしが生まれながらにもつ光によって原因を判断させる内面の感情とによって、わたしが知る必要のあった主な真理を導きだした—。— わたしは、自分がよいと感じていることはすべてよいことなのだ。悪いと感じていることはすべて悪いことなのだ。[127]

以上のように、カラムジーンのテクストにある「感じる」、「感情」という概念装置は「信仰告白」との文体上の間テクスト性を喚起するものであろう。実際、論理的な思考と理知的な文体を常に優先するダランベールの『序文』に感性的な思考や文彩を見いだすことはもとより不可能なのである。

総じて、第7段落でカラムジーンは「至高の知性」を概念装置によって『序文』との間テクスト性を導入し、「啓示宗教」をよりどころに「誤謬論」の論難に成功した。しかしながら、ダランベールの思想を借用しながらもカラムジーンは当時の知的エリートたちによく知られていた「信仰告白」の感性的な文体を — 第4段落、ボネのエピソードの場合と同じく — 模倣してみせたのである。全体として本段落の反論テクストは文体的に豊かで、冒頭の『学芸論』の雄弁の模倣文体に「信仰告白」の感性的な文彩が加味されているということになろう。間テクスト性については、カラムジーンは理念上はダランベールを、文体上はルソーを模倣するという二重の間テクスト性を創出したことが明白である。だが、カラムジーンは学問の存在意義を根本から否定するルソーの「誤謬論」を二重に詩的な工夫によって論難しただけではない。「誤謬論」の論難、つまり、学問の擁護は前段落で成功した「奢侈」による亡国論の論難を補強するものである。カラムジーンは第6段落、第7段落をとおして「奢侈論」、「誤謬論」に対する反論を完結し、ルソーの学問芸術有害論のもっとも強力な負の要因をその根底から払拭したのである。

Ⅳ－3．「時間の浪費論」への反論 ―「市民状態」という視座からの学問芸術および啓蒙と国家の関係

第８段落は「*学問芸術は有害である、― なぜなら貴重な時間をそれに費やしてしまうからだ*[128]」というルソーの公理に始まる。この公理は「時間の浪費」というキーワードによって、『学芸論』第２部に記された「時間の浪費論」を喚起する。そこでルソーは「時間の浪費こそ、学問が必然的に社会に与える第一の害です。― 無用な市民はすべて有害な人とみなすことができます[129]」とし、学問芸術批判を「市民論」に連関させているのである。この間テクスト性は、「無用な市民」あるいは「有用な市民」という「市民論」に連関するテーマを予告しているといえよう。このほか、本段落でカラムジーンは『社会契約論』、『エミール』との間テクスト性によって「市民状態」― フランス革命期のロシア社会において公言をはばかる言葉であったが ― における「徳」の有用性を浮き彫りにする。さて、本段落の論証は二段階構成となっている。はじめに、カラムジーンは学問芸術が「市民」としての「徳」の源泉である、という大前提を示し、つぎに第二段階で学問芸術の原点である「道徳」の有用性を三段論法で論証する。

第一段階として、カラムジーンが本段落冒頭で「時間」という観点から学問芸術の有用性を否定したルソーの公理[130]を提示し、「時間の浪費論」を喚起していることは先に指摘したとおりである。これに対してカラムジーンは、学問芸術が「気高い心の動き」や「全世界的な愛の炎」を育む[131]、という学問芸術の道徳的な価値を主張する。

> すべての学問、すべての芸術が根絶したあげく、時間をどう使えというのだろう？― 私たちの心は、そのとき、みずからのもっとも気高い心の動きをすべて忘れ、真の賢者や人類の友の作品が私たちの心に育む、かの全世界的な愛の炎は、消えゆくランプのごとく光り輝き ― そして、消えるのだ！。[132]

ところで、「みずからの気高い心の動き」、「全世界的な愛の炎」といっ

たキーワードは『社会契約論』との間テクスト性を呼び込む概念装置であろう。ルソーは「自然状態」から「市民状態」に推移した社会に生きる人間にそなわっていなければならない精神性を下記のとおり、明らかにしている。

> 自然状態から市民状態へのこの移行によって、人間において非常に顕著な変化が生じる。人間の行動において本能が正義にとってかわり、人間の行為に以前は欠如していた精神性、道徳性が与えられるようになるのである。— その結果、彼の思想は広くなり、彼の感情は気高くなり、彼の魂の全体が高められる。— 知性あるもの、つまり人間たらしめたこの幸福な瞬間を、絶えず祝福するにちがいない。[133]

このように「市民」に連関する視座から、カラムジーンの示した「気高い精神性」がルソーの説く「市民状態」の人間に生じる「道徳性」や「精神性の気高さ」を想起させ、『社会契約論』(「市民状態について」)[134]との間テクスト性を喚起していることが明瞭となる。実際、このような間テクスト性による「市民状態」の文脈があってこそ、本段落第二段階でカラムジーンは「市民」としての精神性、道徳性についての言説を導入し、それらを国家社会論の水準に位置づけることができるのである。ここで解釈の厳密さが重要となるのだが、ルソーが上記の引用のとおり「自然状態から市民状態へのこの移行によって」すなわち、社会形態の変化によって「精神性、道徳性」が高められる、としているのに対し、カラムジーンにとっては学問芸術が「市民状態」に達した人間に備わるべき気高い精神性を育む、ということが肝要なのである。カラムジーンは「市民状態」という文脈をルソーと共有しながらも、あくまでも学問芸術の有用性を主張しているという点がルソーの見解との明らかな相違である。カラムジーンが第一段階おわりにさまざまな例証や文彩 —ルソーが文学に反対の立場をとっているにもかかわらず『エミール』や『新エロイーズ』の作者であるばかりか、ルソー自身が学問芸術に従事していることの矛盾を指摘し[135]、『学芸論』で無知蒙昧を称賛したとされるルソーに対する —「無知蒙昧ゆえに閑人は悪をなす」という主旨[136]であろう ― を挿入するなど、学問芸術の存在をくり返し強調しているのは、論題の中心軸を保つためであろう。カラムジーンは第一段階で『学芸論』や『社会契約論』との間テクスト性を援用し「市民」にとって、学問芸術が「徳」の源泉であることを論弁したのである。

さて、第二段階冒頭でカラムジーンはルソーの言説としてつぎのように「徳」のテーマを再び掲げ、「市民状態」における「徳」の役割を強調する。

> そも、汝の魂は徳に魅了されることはない、とでも言うのか？― *優しい息子、優しい夫、優しい父親たること、有用な市民、有用な人間たることを学ぶがいい、然らば、暇を持て余すことはないのだ！*[137]

社会や国家の有用な構成員としての「家族」、「市民」、「人間」についての概念はいささか唐突の感があるのだが、『社会契約論』との間テクスト性の考察で照射したとおり、本段落の「市民状態」の文脈に沿ったものである。さて、カラムジーンが書いた上記のルソー風の引用は『エミール』に著された理想の市民像と「市民」の義務についての一節[138]との間テクスト性を重ねて喚起するものである。『エミール』でルソーは「市民状態」における「家族」、「市民」、「人間」の理想について語り、「市民」は「有徳」であるならば、国家に「有用」であると主張する。要するに、「市民」は「有徳」という条件を満たすことで国家にとって「有用な市民」となる、という図式が明瞭である。カラムジーンはこれを背景に上記の引用のとおり、ルソー風の言説で「徳」を学ぶことを提唱しているのである。

さて、「市民状態」において「徳」を学ぶことの重要性を明確にしたうえで、次にカラムジーンはアンチテーゼとして、学問芸術の本質は「道徳」である、という公理を即座に提示する。そして最後に、次の四つの論拠を列挙し「道徳」の「市民状態」における国家社会論的な有用性を頭語反復法と反語法を用いながら列挙する。

> 学問のなかでもっとも重要な、すべての学問、芸術のアルファとオメガで

ある道徳とは何か？道徳こそが、人間は自分自身が幸福のために善良でなければならない、ということを人間に証明しているのではないか。道徳こそが、市民社会における秩序の必要性と有用性を人間に証明するものではないか。道徳こそが、人間の意志を法律と調和させ、法律による拘束そのものなかで人間に自由を与えるものではないか。道徳こそが、あらゆる困難な事態において疑念を解決する法則を人間に教え、確かな道順で人間を美徳に導くのではないか[139]。

上記のテクストを間近に見てみよう。カラムジーンは「道徳」によって実現する効果として、第一に善良であることによって得られる個人の幸福、第二に市民社会の秩序の必要性とそこで市民として得る利益、第三に人間の意思と法律の調和によって与えられる自由、という三つの事項を主張しているが、これらの事項は『社会契約論』(「市民状態について」)[140]との間テクスト性を喚起するものであろう。実際、ルソーは「市民状態」にある人間は道徳によって「きわめて大きな利益を受けとる[141]」と述べ、次の三つの項目を挙げている。まず、第一に個人の「気高い精神性」によって実現する幸福。これは、先に第一段階の分析で言及したこととも連関する[142]。第二に、「市民」として社会契約によって受ける制約とそれによって保障される「所有権」、「市民的自由」。第三に、「自ら課した法律に従うことは自由の境界だ」とし、法律によって制限された精神的な自由、すなわち、一般意思と個別意思の一致による「道徳的自由」の獲得を約束するとしている[143]。以上を前掲のカラムジーンの列挙と比較してみよう。第一に「道徳」によって「善良さ」や「気高い感情」を知りそれを自己のものとすることで人間が幸福になるというカラムジーンの主張はルソーのそれと同様である。第二に、カラムジーンのいう「市民社会における秩序の必要性と有用性」つまり、秩序のなかで市民として得る利益とは、ルソーの「市民的自由」と「所有権」に、そして第三に「人の意思と法律が調和し、法律の拘束のなかで与えられる自由」とはルソーの言う社会的な拘束に順応した「市民的自由」に遡ると考えられる。したがって、カラムジーンの示す三つの事項と『社会契約論』との間テクスト性は明らかなのである。なお、「道徳」に関する引用の第四の事項は、先行する三つの事項を包括し「道徳」を「美徳」へ昇華させ、学問芸術の最高位に演繹したといえよう。確かにカラムジーンの表現はルソーと比較して婉曲なパラフレーズの感があるが、フランス革命期のロシアでは『社会契約論』と『エミール』はエカテリーナⅡ世の判断によって禁書扱いであった[144]という状況では、これは歴史的な必然である。閑話休題。カラムジーンは上述の間テクスト性を巧みに援用し、「道徳」の国家社会論的な有用性を「市民状態」の文脈を用いて論証したのである。

第8段落の論理展開をまとめておこう。はじめに、カラムジーンは『学芸論』の「時間の浪費論」を発端に「市民」を俎上にのせ、『社会契約論』との間テクスト性を援用して「市民論」の視座から学問芸術が「徳」の源泉である、という大前提を構築した。そしてこれを大前提に、第二段階で「道徳」の有用性を演繹したのである。まず、カラムジーンは『エミール』との間テクスト性を論理基盤に、「徳」を学ぶことを提唱する。次にアンチテーゼとして学問芸術の根本原理が「道徳」であるという公理を示す。最後に「市民状態」―「道徳」の社会的、国家的な意義をルソー自身が『社会契約論』で主張した三つの事項を援用して論弁した。以上のように、「市民論」の文脈から学問芸術が、最終的には社会国家に有用であるというカラムジーンの主張が、ルソー自身のさまざまな作品との間テクスト性によって明証されたことは興味深いことであろう。つまり、カラムジーンは『学芸論』にはじまり『社会契約論』、『エミール』との間テクスト性を喚起することで『学芸啓蒙論』の射程を国家社会論の領域へと押し広げることに成功した。ついでながら、この論証基盤の拡大は私たちに二つの興味深い結果をもたらしたのである。まず、『学芸論』以外のルソーの作品『社会契約論』、『エミール』との間テクスト性によって、『学芸論』では学問芸術が「徳」そして「市民」を消滅させ、ほぼ存在しなくなった[145]、とされていたが、カラムジーンのテクストでその「市民」が復活したこと。つぎに、「市民」の表象が『学芸啓蒙論』のテクストに現れたことは、「ロシア人はいつまでたっても本当に市民化されることはないであろう」[146]という『社会契約論』でルソーが述べた定見に対するカラムジーンのプロテストとしても意味深長であろう。

Ⅳ－４．啓蒙と国家の関係性 ―「徳の国家社会論」の完成

第９段落は『学芸啓蒙論』本論のクライマックスであり、本論の最終段落である。カラムジーンは学問芸術および啓蒙と「徳の国家」の関係性を構築していくが、冒頭の「学者批判」への反論はカラムジーンの弁論術上の創意であり、これによって「徳の国家社会論」の論理基盤はいっそう堅固なものとなるであろう。文体論および意味論的な観点からは「汝、至高の存在に人類の運命を託されし汝が地上に徳の領域を広げることを願うなら、学問を愛するがよい[147]」や「立法者、人類の友よ！― 啓蒙を汝の金科玉条とせよ！[148]」といった頓呼法（相手への強い呼びかけ）と命令法が頻出していることで、カラムジーンの意見陳述はいっそう緊迫感を増し論理展開が加速化する。こうした雄弁術の特徴や意味論的な漸増法はルソーの「模範的な論争的文体」[149]の模倣にほかならないのであるが、最終段落を分析するにあたり、カラムジーンの弁論がどのような準備段階をへて急展開を遂げクライマックスを盛り上げているか、見てみよう。

Ⅳ－４－a.「学者批判」への反論の意義

カラムジーンは、前述のとおり第９段落冒頭で「学者がしばしば道徳的な誤ちを犯すのはなぜか[150]」という内容の問題提起 ― じつは、「学問芸術は不徳を生じさせる」というテーゼである ― をしているが、これはルソーが『学芸論』の結末で「学者」を批判の俎上に載せていることに連関している。ルソーは「学問研究のもっとも明白な成果」として「人間（学者－杉山注）に要求されるものは、もはや誠実であるかないかではなくして、才能があるかないかです。― 才人のうける報酬は莫大なものですが、徳のある人は依然として尊敬されません[151]」あるいは、「われわれは、物理学者、幾何学者、化学者、天文学者、詩人、音楽家、画家はもっていますが、もはや市民をもっていません[152]」と述べ、不徳な学者の群れを批判する。これに対して、カラムジーンは、第５段落で構築した啓蒙教化論および第８段落で示した公理、― 学問芸術の根本原理としての「道徳」と「国家社会」におけるその有用性 ― を大前提に学問芸術による感化を論述

することでルソーの批判をかわす。すなわち、「愛すべきミューズは心の病をつねに癒してくれる[153]」と主張し、学問芸術に従事しつつ「至高の存在」を感じることで学者の魂は気高くなり「徳」は育まれる[154]、とする定見を示す。ところで、上述の大前提に則したルソーに対するこのような反論には『学芸啓蒙論』の論理構造と修辞学的な観点から二つの意義を認めることができる。第一に、カラムジーンがプロローグで示したルソーの基本公理「啓蒙は我々に有害であり、学問と徳は両立しない[155]」に対する反論の補完、すなわち、前半部分の結論の補完としての解釈である。カラムジーンはルソーの基本公理を前半で論駁し啓蒙教化論を構築したが、じつは『学芸論』第1部、第2部に分散する学者批判への反論を割愛していた。したがって、本段落での学者批判への反論は、ルソーが主張した「学問と徳の二律背反」に対する論難を盤石にし、前半部分の結論 ― 啓蒙教化論の論弁を補完するものといえよう。第二に、この反論は次節の冒頭で劇的に示されるアンチテーゼ「啓蒙は有徳の庇護神である[156]」の論証の完了を意味し、このアンチテーゼの論理基盤を前もって提示するという周密な修辞学的な役割を果たしているのである。ひるがえってみれば、このアンチテーゼが「学者批判」への反論の直後、次節の冒頭に提示され ― 劇的な効果を生む強調法で ― 論証自体を省き論理を急展開させる手法は高度に修辞学的な工夫である。総じて、本段落はじめの「学者批判」に対する反論は『学芸啓蒙論』の構造にもかかわる二重に修辞学的な工夫であり、啓蒙教化論を補完するだけでなく、次節冒頭のアンチテーゼを事前に公理化する役割をはたしている。

Ⅳ－4－b．ルソーへの直訴 ―「徳の国家社会論」の完成

啓蒙教化論を完璧にしたのちに、カラムジーンは最終テーマ ― 啓蒙と「徳の国家」の関係性、すなわち、「徳の国家社会論」の構築に向けての意見陳述を始める。その冒頭でカラムジーンはルソーへの反論全体にかかわるアンチテーゼ「啓蒙は美徳の庇護神である[157]」― カラムジーンの啓蒙運動への大いなる期待の宣言 ― を掲げ[158]、これを公理とする。この公理を基盤に展開する論弁はルソーへの直訴となっており、カラムジーンはル

ソーとの理論的、感性的な一致を三段階にわたって主張する。文体的には本段落は頓呼法、感嘆語法、命令法を特徴とし、漸増法による劇的なクライマックスで雄弁に幕を閉じるであろう。

直訴の第一段階は、上述の「啓蒙は有徳の庇護神である」という公理にはじまる。この基本公理を「汝、至高の存在に人類の運命を託されし汝が、地上に徳の領域が広まることを願うなら、学問を愛するがよい —[159]」という頓呼法や感嘆語法をまじえた豪華な命令語法がただちに引きとり、感性に強く訴える論調となる。さらに、「徳」の伝播という大義のためにはルソー自身が啓蒙の信奉者でなければならない、とカラムジーンは直訴し、その論拠として学問芸術の有用性を次のように述べる。

> すべての人間には魂があり、心がある。したがって、すべての人間が学問芸術の成果を楽しむことができるのだ。— そして、学問芸術を楽しむ者こそがもっとも善良な人間、もっとも心穏やかな市民である。—もっとも心穏やかな、と言うのは、どこでもあらゆることに限りない喜びと心地よさを感じるなら、運命に不平をもらしわが身の不遇をかこつことはないからである。[160]

カラムジーンは啓蒙の恩恵として「もっとも善良な人間」と「もっとも心穏やかな市民」という二つの表象を提示しているが、これらはルソー自身が生涯、抱いていた人間と市民についての理想である。まず、「もっとも善良な人間」はプロローグの分析で指摘したとおり、ルソーが自己を最善の人間として想い描いたいくつかの作品、たとえば、『マルゼルブ租税院長官への手紙』や『告白』を想起させる概念装置である[161]。そして、この間テクスト性はルソー自身が生前に自己の最善性を強く希求していたという自伝的な事象を想い起こさせるのである。

もう一つの表象「もっとも心穏やかな市民」について見てみよう。定語部分の「もっとも心穏やかな」という概念装置は二つの間テクスト性を喚起すると考えられる。第一に、カラムジーンが「もっとも心穏やかな人間」ではなく「市民」という言葉を選択したことは、『社会契約論』との間テクスト性を再び示唆するものであろう。ルソーは「民主政について」において、啓蒙の恩恵に浴する「市民状態」の延長線上に「徳を原理とする国家（あるいは「共和国」）」を想定し、奢侈がごく僅かで市民が財産や物欲に心を支配されず虚栄や堕落が生じることのない、「徳」を唯一絶対の原理とした[162]、のである。「徳の国家」の成立には奢侈や富に心を惑わされない「心穏やかな市民」が必然なのである。したがって、カラムジーンの「もっとも心穏やかな市民」とは、『社会契約論』にある「徳の国家」とその有徳な市民像を喚起している、と考えられる。第二に、「もっとも心穏やかな」という定語は「信仰告白」でルソーが「心穏やかな人[163]」と呼んだサヴォワの叙任司祭を想起させる。この有徳の師は「いつかはわたしたちのすべてに同じような穏やかな心があたえられるのなら、わたしはおんみ（「至高の存在」－杉山注）を賞め讃える[164]」と告白し、人類の幸福を祈るのである。ところで、「心の穏やかさ」という定語は1780年代のセンチメンタリズムの隆盛期に心の理想的な状態を表わす詩的言語としてすでに流行の表現であった。カラムジーンがこれを自家薬籠中のものとしていた[165]ことは明らかであろう。総じて、カラムジーンはセンチメンタリズムの文学的潮流の隆盛期に、「もっとも心穏やかな市民」という革新的な定語表現を用いることでテクストに『社会契約論』と「信仰告白」との間テクスト性をすべり込ませ、「心の穏やかさ」に道徳的、そして国家社会論的な価値を付加することにも成功し、理想の「市民像」[166]を創出したのである。

ところが、ロシア18世紀研究の権威者マコゴネンコは、前掲の「もっとも心穏やかな市民」をカラムジーンが「貴族主義」の限界ゆえに階級間の平等思想を拒絶した証拠[167]としたのだった。つまり、マコゴネンコはカラムジーンが「啓蒙」によってすべての階級は「心穏やかに」なり、自らの運命に不満をもたなくなる[168]と主張した、と断定し、貴族主義者のレッテルを張った。これはカラムジーンを「貴族主義者」とするための政治的な判断によるものではないだろうか。マコゴネンコがカラムジーンとルソーの関係にいっさい言及しないことは不可思議である。カラムジーンが「徳」を原理とする国家社会論を構築する過程で「心穏やかな市民」というルソーの国家社会論を喚起する概念装置によって、「心穏やかな」という定語に国家社会論的、道徳論的な意味を付与したことはすでに見たとおりである。マコゴネンコがカラムジーンの文脈を検証せずに、この定語表現を根拠に後者を「貴族主義者」と断定するならば『学芸啓蒙論』の理念を歪曲することになる。

閑話休題。直訴の第一段階でカラムジーンはルソーに啓蒙の信奉者であれ、と感性に訴えかけ、その論拠として啓蒙が育む「もっとも善良な人間」と「もっとも心穏やかな市民」の表象を示した。じつは、これらの表象は『マルゼルブ租税院長官への手紙』、『告白』、『社会契約論』、「信仰告白」との間テクスト性を喚起する概念装置であった。さて、直訴の第一段階の要点は次の二つとなる。第一にカラムジーンが啓蒙の成果として主張した「もっとも善良な人間」、「もっとも心穏やかな市民」という表象 —「善良なるルソー[169]」という呼びかけを想い起そう — は間テクスト性から明らかなようにルソー自身が啓蒙教化論の正当性を認めざるおえない表象であった。つまり、カラムジーンは啓蒙教化論に関して感性的にも理論的にもルソーとの接近を巧みに表現したのである。第二にカラムジーンは『社会契約論』との間テクスト性によって理想の国家形態「徳の国家」とこれを形成する「人間」や「市民」の表象を喚起した。これは「徳」を原理とする国家という最終テーマを予告するものである。

直訴の第二段階でカラムジーンは「啓蒙された農民よ！」という感嘆語法によって下記のとおり「農民」のテーマを新たに導入する。「農民」そして「啓蒙された農民」という概念装置はルソーの作品とのさまざまな間テクスト性を喚起し、ひいては直訴の最終段階の劇的な展開を準備することとなろう。

> 啓蒙された農民よ！幾多の反論が聞こえてくるが、公正な反論はひとつも聞いたことはない[170]。

この冒頭は、カラムジーンがフランス革命期においても熱心な教育者、啓蒙主義者であり続けたことの明証である。カラムジーンはロシア国内の反啓蒙主義者や農民の啓蒙に反対する ― フランス革命の余波を危惧してのことだが ― 貴族たちと異なり、農民を含めた公教育の必要性を確信していた[171]。それゆえ、1790年代に民衆の教育を公言することは憚られていた[172]にもかかわらず、敢えて反啓蒙派を批判し「農民の啓蒙」を唱えているのである。ロシアの18世紀研究の専門家キスリャーギナは、カラムジーンが農民の啓蒙をテーマとした理由は、― 18世紀後半のロシアでは農民反乱が焦眉の問題であり、この解決策に関心を持っていたからである[173]、― という見解を示した。確かに、農民反乱が国家の安寧を脅かす問題であったことをカラムジーンが忘れるはずはないが、カラムジーンがその打開策を『学芸啓蒙論』本論で提言する必要があるのだろうか。否、カラムジーンがここで農民問題の解決のために短絡的に「農民の啓蒙」を提唱したとは認めがたい。まず、カラムジーンはロシアの農奴とはさまざまな点で異なるスイス、イギリスやドイツの農民たち、特に、実在の「啓蒙された農民」であったクライン・ヤーコプの例をあげ、その幸せな生活共同体を称賛しており[174]、カラムジーンの「農民の啓蒙」に関する思索はロシアにかぎらずヨーロッパの視座で展開しているのである。さらに、この時代、ロシアはもちろんヨーロッパの人口のほとんどは農民であり、「啓蒙」の普及という観点からは、その射程は「農民の啓蒙」から「民衆の啓蒙」に連関するといえよう。実際、革命前のヨーロッパでは農民を含めた民衆の啓蒙が知的エリートの重要な関心事であり、とりわけ重要なテーマであった[175]が、カラムジーンは革命後も公教育 ―「民衆全般の啓蒙」を国家社会論的な必然と考えていたことは先に述べたとおりである。テクストで「啓蒙された農民」を「村一番の働き者」[176]と呼び、農民に限定せずに「村」という共同体を背景に国家社会に有用な存在を示唆していることは解釈の広がりを許容するものであろう。キスリャーギナ流の狭義の解釈はカラムジーンの啓蒙思想や『学芸啓蒙論』の理念を矮小化するといえよう。

では、なぜ「啓蒙された農民」というテーマ提示で「農民」が特化されたのか。ルソーの側から考察してみよう。ルソーにとって「農民」の表象は常に肯定され、「なにがしかの精神の健全さ」[177]を体現していた。たとえば、『学芸論』では「肉体の力強さが見られるのは、農夫の質素な衣の下にであって、廷臣の金ピカの衣装の下にではありません。魂の力であり生気である徳にとっても、衣装は同じく無縁なものです[178]」あるいは、「1人の羊飼いによって築かれ、農民たちによって興隆したローマ —。—かつては徳の殿堂であったローマ[179]」という表現にあるように、「農民」は「徳」を体現する存在として高く評価されている。さらに、『エミール』では「ローマでは犂を握っていた者が執政官になったことを思い出すがいい[180]」と説き、「国を形成しているのは農村なのだ。そして、国民を形成しているのは農民なのだ[181]」という対句法によって、ルソーは「農民」の国家の礎としての存在意義を強調したのだった。ところで、「農民」と「啓蒙」についてだが、ルソーが啓蒙に反対の立場で書いた『学芸論』では「農民」と「啓蒙」は対立し、明らかに相容れない概念であった[182]。しかし、『学芸論』以降、ルソーの作品世界における「農民」と「啓蒙」の関係性の変化は明瞭であり両者は厳格な二律背反から解放されていくのである。とりわけ、『ダランベール氏への手紙』では有益な書物を所有し、学問芸術に親しむ徳高き「啓蒙された農民たち」の小共同体、農民たちの小さなユートピアが描かれ[183]、「啓蒙された農民」の理想が前面に提示されるのである。そしてついに、『社会契約論』では農民を含む「民衆の啓蒙」の必要性が説かれた[184]ことを想い起そう。じつに、これらの作品でルソーは「啓蒙された農民」や「農民と啓蒙」という概念を「徳」や「幸福」に結びつけ「啓蒙」を肯定しているのである。以上の考察から、カラムジーンの「啓蒙された農民」は概念装置として『ダランベール氏への手紙』や『社会契約論』との間テクスト性を喚起すること、『学芸論』以降のこれらのルソー作品では「啓蒙された農民」や「啓蒙された民衆」の表象が肯定されていたことが明らかである。

要約すると、「農民」および「啓蒙された農民」という概念装置は『学芸論』から『ダランベール氏への手紙』を介して『エミール』、『社会契約論』にいたるまでの広範な間テクスト性を喚起するものであった。カラムジーンはルソーと同様に、「民衆の啓蒙」を射程におさめていたのである。カラムジーンは、上述した複数の間テクスト性を操りながら「農民」、「啓蒙された農民」についてルソーとの理念上の一致をテクストに表現し、「民衆の啓蒙」を肯定することに成功したといえよう。段落の終わりでカラムジーンが公衆の代表である「啓蒙された農民」に「自然にもっとも近いがゆえにもっとも幸福である」と最上級の表現で対句法や誇張法をまじえて言わせているのは、その最終確認であろう。直訴の第２段階においてカラムジーンは「農民の啓蒙」のみならず「民衆の啓蒙」をルソーとともに肯定し、ルソーとの思想上の接近を浮き彫りにしたのである。

直訴の第三段階は「立法者よ、人類の友よ！汝が公共の福祉を望むならば、― *啓蒙を汝の全科玉条とせよ！*[185]」というルソーへの熱烈な最終通告に始まる。直訴の第一段階でカラムジーンは、ルソーの自身の思想に肝要な「善良な人間」と「有徳な市民」―「心穏やかな市民」という二つの表象を論拠に啓蒙教化論の正当性をルソーに説得し、ルソーとの理論的、感性的な接近を実現した。そして第二段階でカラムジーンは『学芸論』、『エミール』、『ダランベール氏への手紙』、『社会契約論』との間テクスト性によって、「農民の啓蒙」から「民衆の啓蒙」へ射程を広げつつ、「啓蒙」が人間の「徳」と「幸福」に貢献することが、じつはルソーの認識と一致することを浮き彫りにし、ルソーとの理論上の一致提示することに成功した。このような「接近」から「一致」のプロセスをへてカラムジーンは、第三段階冒頭でルソーに命令法で呼びかけるのである。ところで、直訴の第三段階の解釈に際してフランス革命 ― 革命の言語が当時のさまざまなテクストに影響を及ぼしたこと、その根底に時代精神 ― 革命期のルソーイズムがあること[186]、を無視することはできない。したがって、このテクストにフランス革命の言語が存在していることは自然なことであり、カラムジーンの言説との間テクスト性を照射することは解釈に有効である。実際、フランス革命期にパリに滞在し、帰国後もロベスピエールに共感を抱きつづけたカラムジーンは、革命の言語を熟知していた[187]。直訴の最終段階でカラムジーンは、革命の言語を用いた修辞の贅を尽くした雄弁によって論理展開を「公共性」の方向へと操り、ルソーとの思想上の一致を最大限に表現することになろう。

冒頭の「立法者よ！人類の友よ！」という呼びかけは革命期の言説の典

型であるが、これはルソーをさす隠喩である。「立法者」という概念装置は、まず、『社会契約論』との間テクスト性、とりわけ、「もろもろの国民に適する、社会についての最上の規則を見つけるためには、すぐれた知性が必要である。」にはじまる第2編第7章「立法者について」[188]を喚起するものである。ルソーによれば「すぐれた知性」を体現し君主や人民の模範となる人物こそが「立法者」にふさわしいのである[189]。ところで、メルシエが『革命の精神的起源の一人』で指摘したとおり『社会契約論』は革命家たちの聖典となり[190]、その結果、「社会契約」という言葉はいわば、日常語[191]となっていた。また、『エミール』で革命を予言した[192]ルソーは「立法者」や「人類の友」と称され[193]、熱狂的な革命の諸派、市民、民衆のほとんどがルソーの人格崇拝において一致していた[194]のである。したがって、「立法者よ！人類の友よ！」は『社会契約論』を主な拠り所として形成された革命的な心性を背景に、人類の指導者ルソーの表象を強力にアピールするものにほかならない。では、これに続く「汝が公共の福祉を望むならば、― *啓蒙*を汝の金科玉条とせよ！」について考察しよう。じつは、「公共の福祉」とは『学芸論』の結論を喚起し、さらには『学芸論』の後に執筆された『社会契約論』に連関するのである。『学芸論』第2部の終わりでルソーは学者批判をおこなうが、唐突にもそれは人民の幸福に貢献する真摯な学者を擁護する論調へと変化する。

> 人民を統御する技術が、人民を啓蒙する技術よりも一層困難であるという、傲慢なお偉がたたちによってつくられた古い偏見を、国王たちがすてさるようにしていただきたい。第一流の学者が、国王の宮廷に名誉ある安住の地をみいだすように。そこでこの学者たちが、自分たちにふさわしい唯一の報酬、すなわち、叡知を教えた国民の福祉（下線—杉山）に、国王の信任によって寄与するという報酬を、手に入れるように[195]。

ここでルソーは、「人民の啓蒙」のほうが「人民の統御」より難しいこと、したがって一流の学者に然るべく報酬を与えて「啓蒙」を推進させるべきである、と主張している。そしてさらに、「そのときこそはじめて、徳、学問、権威が、気高い競争心にはげまされ、人類の福祉に一致協同して、何をなすことができるかが明らかとなるでしょう。」[196]と述べ、「徳」と「啓蒙」が「人類の福祉」に貢献することを予言したのである。この以外な結末についてスタロバンスキーが、ルソーが文化を拒絶することをやめ、徳の命令によって学問芸術から公共の福祉を実現するための「必要な凝集力」をつくりだすことを認めた、と指摘し、これを「ルソーの和解」と称した[197]ことは興味深いことであろう。したがって、カラムジーンの「汝が公共の福祉を望むならば、— *啓蒙を金科玉条とせよ！*」は、『学芸論』のこの意外な結末を喚起するものなのである。ひるがえって、ルソーが『社会契約論』で主張する「公共の福祉」の理念は、— 上記の『学芸論』の結末に遡るのだが — 次のように具体化されている。まず、「法について」の章でルソーは「公衆の啓蒙」の必要性を説き、「公衆を啓蒙した結果、社会体の中での悟性と意思との一致が生まれ、それから、諸部分の正確な協力、さらに、全体の最大の力という結果が生まれる。」[198]と述べる。そして、「立法者」の章では「すぐれた知性」と「徳」を有する建国者が国民の「公共の福祉」のために腐心するさまを描き、国家の理想として「公共の福祉」を掲げる[199]。以上の考察から、カラムジーンの最後通告「汝が公共の福祉を望むならば、— *啓蒙を汝の金科玉条とせよ！*」の前半、仮定法にある「公共の福祉」は『学芸論』、『社会契約論』との二つの間テクスト性を特徴とし、この重厚な間テクスト性によってカラムジーンの最後通告は、啓蒙教化、「徳」による「公共の福祉」の実現をルソーとともに、つまり、ルソー自身の言説を論理基盤に主張していることが明瞭である。最後に、直訴の第三段階の文体を間近に見てみよう。この最終段階は比較的短い文の連続と感嘆語法の反復を特徴とし、語彙においては明らかにフランス革命の言語が多く模倣されている。カラムジーンの最後通告が、「言葉が最大の効果を獲得しようと試み、言葉が最大のエネルギーを要求する」革命の言語や「ジャコバン派の簡潔で発作的な雄弁」[200]を彷彿させるのはそのためである。総じて、カラムジーンは直訴の第二段階の論法と同様にルソー自身の思想に密接に連関する間テクスト性を援用しつ、この最終段階では革命の言語による雄弁の力学を用いることでルソーに同意を迫り、ルソーの主義主張と啓蒙教化論の一体化に成功したといえよう。

以上の考察から、本段落でカラムジーンはアンチテーゼ「啓蒙は美徳の庇護神である」を公理とする三段階にわたる直訴で、ルソーを次第に国家社会論的な視座で啓蒙支持の側へ、すなわち、啓蒙教化論から「徳の国家社会論」の射程に引き寄せ、ついに「立法者」、「人類の友」、「徳の国家」の指導者としてのルソーの表象が啓蒙主義を標榜するまでを複数の間テクスト性と革命の言語を援用しつつ大胆に描ききった。これをもって『学芸啓蒙論』本論は完結するが、『学芸論』という修辞の贅をつくした豪華な論文に礼を尽くすべく、カラムジーンは本論を劇的なクライマックスで閉じる。

> その時こそ、きっと、詩人たちの黄金時代、美徳の時代となるのだ。—
> そして彼方、血まみれの断頭台がそびえるあの場所で、美徳が光輝く
> 玉座に着くであろう。—[201]

ここでは、「詩人たち」とは善なる人々であり、善なる人々によって良き市民がつくられる、というギリシア古典に遡る詩人の表象[202]が、「美徳」の理想として、まず提示されているのである。突如として「血まみれの断頭台」と「光輝く玉座」というフランス革命期の表象が現れるが、これらを光、すなわち、啓蒙の光明に照らされる「玉座」に「啓蒙」が鎮座する、という「徳の国家」の出現を示す美しいメタファーがテクストの最後を『学芸論』の余韻とともに締めくくる。「玉座」という概念装置が『学芸論』のかの有名なメタファーを想い起させるからである。

> 学問、文学、芸術は、一人間を縛っている鉄鎖を花輪で飾り、人間に奴隷状態を好ませるようにし、いわゆる文化人を作りあげました。欲求が玉座をたかめ、学問と芸術がそれを堅固なものにしました。[203]

ルソーの比喩表現全体は「学問、文学、芸術」、「学問と芸術」という主

語の連続を特徴とし、「奴隷状態」—「鉄鎖」はこの比喩である — に支えられる「玉座」をより堅固にする「学問と芸術」、すなわち啓蒙を糾弾する強調表現に他ならない。カラムジーンのテクストの「玉座」は『学芸論』とのこうした間テクスト性を喚起し、ルソーの「玉座」が「不徳」を象徴するとすれば、カラムジーンは「玉座」に「美徳」を据え、「学問、文学、芸術」つまり啓蒙が「徳」を強固にすることを宣言し、「徳の国家」を予言しているのである。さて、カラムジーンの比喩表現が強力な喚起力をもつのはなぜか。それは、上述のとおり、ルソーの言説に対して語彙論、意味論的な逆方向性が明瞭である、という、文学パロディ、—「本歌取り」のなせる技であろう。また、本段落全体を見わたすと、先行する一連の直訴でカラムジーンが援用した間テクスト性はすべてルソーの思想、感性との一致を浮き彫りにする手段であったが、この「玉座」をめぐる間テクスト性はルソーの雄弁な比喩表現に込められた主張を全否定するものであり、この対称性が本論最後の表現性を際立たせているのである。

カラムジーンは以上のとおり、高度に詩的な工夫によって『学芸啓蒙論』のクライマックスを演出し、国家社会論的な視座から学問、芸術および啓蒙の道徳的な有用性を宣言し「徳の国家」の到来を予言した。さて、ここでテクストの構造を巨視的に眺め、上位構造を再確認しておこう。第９段落での最後通告「啓蒙を汝の金科玉条とせよ！」は『学芸啓蒙論』の大枠、すなわち、上位構造のサンテーゼである。すでに考察したように、当段落の冒頭で提示された「啓蒙は美徳の庇護神である」は、基本テーゼ「啓蒙は我々に有害であり、学問と徳は両立しない」に対するアンチテーゼであるが、これは「徳の国家論」を構築する公理として重要な論理基盤であった。上記のサンテーゼは基本テーゼを無効にし、アンチテーゼを「市民状態」および「啓蒙された農民、民衆」のテーマを介して国家社会論的な視座において発展させた最終結論なのである。

V．エピローグ

第10段落、つまりエピローグでカラムジーンの言説は雄弁な理論的散文から抒情性豊かな散文詩に変化する。カラムジーンは学問芸術、自然、そして「善良なる人々の愛」を賛美しつつエピローグを抒情性豊かに閉じていく。

> さて、汝らよ、理性と感情、そして想像力の優しい申し子たちよ、わたしの慰めよ！— 北の果てアクゥイローの吹きすさぶ祖国に住むとて、愛すべき詩の女神たちよ、汝らとともにあらん！— 汝らと自然、自然と善良なる魂の情愛よ、— これぞ、悲嘆のうちにもわたしの至福、わたしの喜び！・・・　ああ！時として涙するも、それを恥じず。[204]

これらの短いフレーズで表現される感じやすい魂の開示は、ルソーに遡る啓蒙主義の時代の文学的潮流に連関する詩的なポーズである。カラムジーンがあたかもルソーのように「印刷された言葉が心から心へと直接感情の吐露を伝えられるかのように、自分の声で話し[205]」、「善良なる魂の情愛」を感受していることは明らかであろう。カラムジーンは晩年のルソーの真情 — ルソーは孤独であったが、最期まで美徳を愛し他者の幸福から喜びを引き出すことができた[206] — への共感を表明しているかのようである。ここには論難の対象であった「雄弁なるルソー」の表象はもう無い。そのいっぽうで、引用文中の「善良なる魂」から「善良なるルソー」の表象が最後に蘇えるであろう。つまり、カラムジーンは「善良なる魂」に焦点を絞ってルソーの真情と融合するのだが、そのためにはこの世との決別を描き、動から静への転調を描かねばならない。

> わたしは死にゆく、— だが、わたしについての記憶がこの世からすっかり消えしまうことはない。愛すべき優しく教養ある青年はわたしの思想の幾らかを、わたしの感情の幾らかを読んで言うであろう、—「*彼には魂があり、心があった！*」と。—[207]

このように、カラムジーンはこの世との決別の際の関心事として良き読者による自分の人格と作品についての後世の記憶と評価、というテーマを導入する。「彼には魂があり、心があった！」という言説はまぎれもなく、「わたし」の善良な人間性の保証であり、「わたしについての記憶がこの世からまったく葬り去られることはないであろう」という言説は、明らかに作品の恒久的な価値を告げるものである。じつは、これらは晩年のルソーの自伝的な作品群、とりわけ、ルソーの死を意識した連想を強力に喚起する概念装置なのである。

> 自分の本がその著者に帰すべき評価を受けて有益なものになるという希望だけが、今後この世で彼（ルソー－杉山注）の心を満足させうる唯一のものです。(『ルソー、ジャン＝ジャックを裁く』) [208]
> この著作（『ルソー、ジャン＝ジャックを裁く』－杉山注）が一人でも正しい心と健全な判断力をもった人に読んでもらえたことをいつの日か知れば、それ以上は要求しない、私は満足して死ぬ。(『ルソー、ジャン＝ジャックを裁く』) [209]

このほかの作品、『告白』、『マルゼルブへの手紙』などでも、死を意識したルソーの自己の善性の確信と後世の評価に対する期待は明記されている[210]。

したがって、エピローグの最終部分はルソーが晩年の作品群に著した諦観の境地と重なり、さまざまなテクストと重複する間テクスト性はカラムジーンとルソーの心情の一体性を堅固に支えるものである。しかし、カラムジーンはルソーの晩年の想いに自らの想いを重ね合わせ、ルソーとの融和を情感豊かに表現しているだけではない。善良なる魂や心の存在を強調することで、プロローグで提示した「善良なるルソー」との間テクスト性を喚起し、その結果、『学芸啓蒙論』のエピローグはプロローグとの円環構造をもって閉じるのである。エピローグで「死」のテーマが導入されテクストが動から静へと転換するにもかかわらず、その最後が希望と幸福感に満ちているのは、カラムジーンの啓蒙教化論、および「徳の国家論」の完成を背景に死にゆく「わたし」と「善良なるルソー」の「希望」が見事に一致し昇華しているからにほかならない。

Ⅵ. 結論

「立法者よ、人類の友よ！汝が公共の福祉を望むならば、― *啓蒙を汝の金科玉条とせよ！*」がカラムジーンの最終結論である。ルソー自身の公理を起点にカラムジーンは啓蒙教化論を構築し、これを「徳の国家」を実現するための信条として宣言したのである。18世紀ヨーロッパの知的エリートたちが実現を望んだ「民衆の啓蒙」という思想史的な潮流が、ロシアではカラムジーンの『学芸啓蒙論』によって華々しく復活し、しかも、当作品がルソーの『学芸論』に対する反論という論争的なインパクトの強い雄弁を競う形式と豪華絢爛な間テクスト性を特徴としていたために多くの同時代人の共感を呼んだと考えられる。

さて、カラムジーンがプロローグに付した不思議な「注」を解明しよう。カラムジーンは自らの論文を注解と呼び、これを重要ではないと言いつつも、論文の独自性を主張した。まず、「注解」と称したことについて考察しておこう。カラムジーンは『学芸論』のほかに『エミール』、『社会契約論』、『告白』などのルソーの諸作品、あるいは『学芸論』に対抗して書かれたダランベールの『序文』など、さまざまな間テクスト性を自由自在にあやつり、これらを暗黙の了解のうちに参照事項としながら、ルソーの文明批判の代表項目を入念に論弁し「徳の国家論」の理論構築を図った。つまり、カラムジーンは『学芸論』の論難から「徳の国家論」の構築まで連関可能な任意の作品テクストを『学芸啓蒙論』に呼び込み、これらを適宜援用し『学芸論』にコメントを加えつつ理論構築を完成したというになろう。この観点から、『学芸啓蒙論』は『学芸論』の注解論文とみることができるのである。では、カラムジーンが主張した独自性とは何であったか。第一に、作品全体の大枠、「上位構造」とこれを支える「下位構造」による堅固な重層性である。第二に、「下位構造」におけるさまざまな間テクスト性を援用した周密な論理展開。第三に、最後に達成される、ルソーの思想との一体化、すなわち、「徳の国家論」の完成、および、ルソーの真情との融合、という意外性。総じて、『学芸啓蒙論』は『学芸論』に対する単なる反駁論文ではなく、カラムジーンはここにおいて、ルソーが理想とした「市民社会」―「徳の国家」を創出し、ルソーを学問芸術、啓蒙の側に引きよせ、これらの真価を標榜させることに成功したのである。以上がカラムジーンの主張した独自性である。『学芸啓蒙論』はエカテリーナⅡ世の治世末期 ― 厳しい国家検閲の時期に執筆された。にもかかわらず、カラムジーンの思想は文学の射程を越え国家社会論にいたる力強い広がりを特徴とし、ロシア・センチメンタリズムの信条がこうした「徳の国家」を理想とする啓蒙教化であったことが明瞭となった。カラムジーンの主宰する文芸ジャーナリズム活動は、ルソーと百科全書派、双方の思想をとり込んだ啓蒙の折衷主義を特徴としていたのである。

杉山春子（すぎやまはるこ）

注

1 O.Kafanova, 'N.M.Karamzin traducteur et interprète des Contes moraux de J.-F. Marmontel et de S.F.de Genlis', *Revue des Études Slaves,* 74 (2002-2003), 741-757.

2 G.A.Gukovskii, 'Karamzin', *Istoriia russkoi literatury,* t.5 (Moskva, 1941), pp.55-91. 上記の文献でグコーフスキーは、「彼（カラムジーン）にとっては、ルソーは単に抒情詩人である」と指摘し、「カラムジーンにとってのルソーイズム」を極端に単純化し、抒情性的な傾向を偏重している。(p.75) G.A.Gukovskii, *Russkaia literatura XVIII veka* (Moskva: Aspekt Press, 1998), pp.423-449. G.Makogonenko, *H.M.Karamzin. Izb.sochineniia* t.1, (Moskva, 1964), p.16. P.A.Orlov, *Russkii sentimentalizm* (Moskva: Izd. Moskovskogo Universiteta, 1977), pp.109-143.

3 A.S.Pushkin, 'Gorodok', *Polnoe sob. sochinenii,* t.1 (Izd. Akademii Nauk SSSR, 1937), p.99. B.Tomashevskii, *Pushkin*, izd.2, t.1 (Moskva, 1990), p.70. Yu. M. Lotman, *Izb. stat'i*, II, 'Russo i russkaia kul'tura XVIII – nachala XIX veka' (Tallinn: Aleksandra, 1992), p.86. ロトマンもトマシェフスキーの指摘を援用している。

4 Baehr Stephen Lessing, *The Paradise Myth in Eighteenth-Century Russia: Utopian Patterns in Early Secular Russian Literature and Culture* (Stanford: Stanford University Press, 1991), pp.79-83.

5　Lotman, 1992, pp.51-53. Stephen Lessing, p.83. Thomas Barran, *Russia Reads Rousseau, 1762-1825* (Illinois: Northwestern University Press, 2002), pp.9-14, pp.89-90, p.127.
パゴージンは同時代人の熱烈な称賛を証言し、特に感動的な文章の抜粋を残した。M.Pagodin, *Nikolai Mihailovich Karamzin, po evo sochineniiam, pi'mam i otzyvam sovremennikov*, chast' I (Moskva: 1866), pp.228-231.

6　Gordon Southworth Cook, *Peter Ia. Chaadaev and the Rise of Russian Cultural Criticism, 1800-1830* (Michigan: Ann Arbor, 1972), p.43. J.L.Black, *Citizens for the Fatherland: Education, Educators, and Pedagogical Ideals in Eighteenth Century Russia* (New York: Columbia University Press, 1979), pp.119-120. Vladimir Bilenkin, *From Nature to History: N.M.Karamzin in the Context of European Aesthetic Thought* (Michigan: Ann Arbor, 1998), p.160.

7　Makogonenko, *H.M.Karamzin*, pp.18-19. Natalya Kochetkova, *Nikolay Karamzin* (Boston: Twayne, 1975), p.82. 藤沼貴『近代ロシア文学の原点、ニコライ・カラムジン研究』れんが書房新社、1997、pp.453-454

8　下記の文献でラジーシチェフは、ルソー主義の後継者として位置づけられ　た。Gukovskii, *Russkaia literatura XVIII veka, pp.394-395. G.P. Gukovskii, Ocherki po ictorii russkoi literatury i obshchestvennoi mysli XVIII veka* (Leningrad: 1938), pp.220-221. そして、ラジーシチェフは「最も偉大な18世紀ロシアの思想家、民主主義者そして革命家」と称された。Gukovskii, *Russkaia literatura XVIII veka*, p.367.

9　下記の文献でカラムジーンは反動的、保守的な貴族主義者、あるいは貴族的な自由主義者として位置づけられた。A.Ia. Kucherov, 'Frantsuzskaia revoliutsiia i russkaia literatura XVIII veka', *XVIII vek*, t.1 (Moskva: Izd. Akademii Nauk, 1935), p.301. Gukovskii, *Russkaia literatura XVIII veka*, p.427. Gukovskii, 'Karamzin', p.74. N.I.Mordovchenko, *Russkaia kritika pervoi chetverti XIX veka* (Moskva: Izd. Akademii Nauk, 1959), pp.36-37. G.P.Makogonenko, *Padishchev i ego vremia* (Moskva: 1956), p.526-527. Makogonenko, *H.M.Karamzin*, p.10. そして、カラムジーンのルソー主義は表層的なレベルで定義され、ラジーシチェフとカラムジーンという二項対立の図式化と前者の優越が定着した。Gukovskii, 'Karamzin', p.75. Gukovskii, *Ocherki*, p.312. Makogonenko, *H.M.Karamzin*, pp.10-11. このような二項対立がソ連時代の文学史家、特にマコゴネンコによって正当化された。P.A.Orlov, *Russkii sentimentalizm* (Moskva: Moskovskii Universitet, 1977), pp.3-12. しかし、こうした偏った文学史観にセルマンは公然と異議を唱えた。'Tsennoe issledovanie o Radishcheve', *XVIII vek*, t.4 (Leningrad: Nauka, 1959), p.455. セルマンはその後、イスラエルに亡命した。ロトマンも、「多くの研究者が当然のこととしてきた」この二項対立の不必要性を主張した。Iu.M.Lotman, 'Otrazhenie etiki i taktiki revoljutsionnoi bor'by v russkoi literature konsta XVIII veka', *Trudy po russkoi i slavianskoi filologii*, 167 (1965), 29. Lotman, 1992, p.87.

10 Lotman, 1992, p.92-93.

11 A.G.Cross, *N.M.Karamzin, a study of his literary career, 1783~1803* (London, Southern Illinois University Press, 1971), pp.146-149. Black, pp.119-120. Thomas Barran, ' The French Revolution and Russian reactions to Rousseau's *Premier discours*', *Revue des Études slaves: Les Slaves et Révolution francaise*, 61 (1989), 81-85. Barran, pp.197-209.

12 ロジェ・シャルチエ、水林章、泉利明、露崎俊和訳『書物から読書へ』みすず書房、1992、p.120. Gérard Genette, *Seuils* (Paris: Seuil, 1987), pp.312-313.

13 Il'ia Serman, 'Vremennye ramki i pogranichnye vekhi literatury XVIII veka', *Russkaia literatura*, 4 (2000), p.10.

14 本書 p.53, p.79. 原注 3.

15 本書 p.53, p.79. 原注 3.

16 本書 p.21, p.60.

Cf.) Jean-Jacques Rousseau, *Oeuvres complètes*, « Bibliotèque de la Pléiade », III, Paris, 1964, pp.9-10. 岩波文庫『学問芸術論』p.19. 本論で言及、引用するルソーの作品の原典該当箇所は、ガリマール版「プレイヤッド叢書」のルソー全集（以後、*O.C.*, と略記する。）による。引用の邦訳該当箇所は岩波文庫で記すが、そのほかの場合は明記する。

17 本書 p.48, p.76.

18 本書 p.51, p.78.

19 James Swenson, *On Jean-Jacques Rousseau Considered as one of the first Authors of the Revolution* (Stanford: Stanford University Press, 2000), p.65.

20 Swenson, p.65.

21 Cross, p.148.

22 ジャン＝ルイ・ルセルクル、小林浩訳『ルソーの世界：あるいは近代の誕生』法政大学出版局 1973、p.230.

23 Robert Wokler, *Rousseau: A Very Short Introduction* (Oxford: Oxford University Press, 2001), pp.27-29.

24 Genette, pp.135-136. pp.145-148.

25 Saint-Lambert (Jean-François, marquis de), 1716-1803.『四季』(*Les Saisons*, 1769)の成功により 1770 年にフランス・アカデミー会員となる。晩年の大作として、『普遍的教理問答書』(*Principes des moeurs*, *ou Catéchisme universel*, 1789-1803) がある。Philippe Van Tieghem, *Dictionaire des littératures*, IV (Paris : Press Universitaire de France, 1984), pp.3468-3469. Pierre Larousse, *Grand dictionnaire universel du XIXe siècle* (Nimes: C.Lacour, 1991), p.75. Béatrice Didier, *Le siècle des Lumières* (Paris: MA Editions, 1987), p.364.

26 Saint-Lambert, 'Luxe', in *Encyclopédie*, *où dictionnaire raisonné des Sciences*, *des Arts et des Métiers*, vol.9 (Neufchastel: Samuel Faulche, 1765; repr. Stuttgart:

Friedrich Fromman, 1966), pp.763-771. 岩波文庫邦訳該当箇所、『百科全書』河野健二訳「奢侈」、pp.252-287. 本論で言及、引用する『百科全書』の邦訳該当箇所は岩波文庫で記す。

27 Jean Roussel, *Jean-Jacques Rousseau en France après la Révolution 1795-1830: lectures et légende* (Paris: Arman Colin, 1972), p.246.

28 *O.C.*,I, p.1897.

29 N.M.Karamzin, *Pis'ma russkogo pyteshestvennika* (Leningrad: Nauka, 1984, p.152. (以下、*Pis'ma* と略記) Nikolai Karamzin, *Letters of a Russian traveller*, trans. by Andrew Kahn (Oxford: Voltaire Foudation, 2003), p.183. (以下、Letters と略記)

30 *O.C.*,I, pp.431-480. 岩波文庫〈中〉、pp.238-309.

31 本書 p.21, p.60.

典拠は『学芸論』全般にわたるが、顕著な例として下記２つを引用しておこう。

'nos âmes se sont corrompues à mesure que nos Sciences et nos Arts se sont avancés à la perfection.' (*O.C.*,III, p.9.) :「われわれの学問と芸術と完成に近づくにつれて、われわれの魂は腐敗したのです」(岩波文庫、p.19.)

'la probité serait fille de l'ignorance ? La science et la vertu seraient incompatible ?' (*O.C.*,III, p.16.) :「廉直は無知の娘だと。学問と徳とは両立しえないのだって」(岩波文庫、p.29.)

32 本書 p.21, p.60.

33 本書 p.21, p.60.

34 本書 p.53, p.79. 原注 3.

マコゴネンコ版 (G.P.Makogonenko ed., *N.M.Karamzin. Izb. Sochineniia*, t.1 (Moskva-Leningrad: 1964), 1964 年以降のカラムジーン作品集 (例：A.F.Smirnov, ed., *Karamzin N.M. Izbrannye stat'i i pis'ma* (Moskva： 1982)、或いは新マコゴネンコ版、G.P.Makogonenko ed., *N.M.Karamzin. Sochineniia v dbukh tomakh*, t.1 (Moskva-Leningrad: 1984) 、その他すべての版でこの注は削除され続けた。

実際、この注は『アグラーヤ』初版（1794）のみならず、第２版（1796）にも掲載され、カラムジーン生前の版〔例 : *Sochineniia Karamzina*, t.7 (Moskva: 1803), p.26.〕にも掲載されていた。さらに、帝政ロシア時代に発行されたカラムジーン作品集のなかで最も信用のおける版とされた*パリヴァーノフ版〔L.I.Polivanov, ed., *Izbrannye sochineniia Karamzina*, chast' I (Moskva: 1884), p.439.〕にも掲載されている。

つまり、マコゴネンコ版（1964）およびそれ以降の版では、今日までこの注は削除されたままである。

* K.Bestuzhev-Rjumin, "Karamzin", *Russkii biograficheskii slovap'*, Imperatorskogo Russkogo Istoricheskogo Obshestva A. A. Polovtsova, 1896~1918, t.8 (New York: Kraus Reprint Corporation, 1962), p.514.

ところで、コチェトコーヴァは研究史上、1994 年に初めてこの削除について言及した。しかしながら、コチェトコーヴァは、問題の注はアグラーヤ初版（1794）には掲載されたが、それ以降の版、すなわち、第２版（1796）から削除された、としている。マコゴネンコ版にはいっさい言及していない。N.D.Kochetkova, *Literatura russkogo sentimentalizma* (Sankt-Peterburg: Nauka, 1994), p.38. コチェトコーヴァの証言は事実に反している。

35 *O.C.*, IV, pp.565-606. 岩波文庫〈中〉、pp.156-235

36 Lotman, 1992, p.46. Barran, pp.112-113, p.117.
1760年代後半ごろからロシアにおいてもルソーの作品のロシア語訳がさまざまな印刷物に掲載されるようになり、1790年代にはルソーの思想は知的読者層にある程度浸透していた。特に、知的エリートたちはルソーの主要な作品を原典、あるいはロシア語訳によって熟知し、「ルソーイズム」は文学に多大の影響を及ぼした。Lotman, p.64. Yu.D.Levin, *Istoriia russkoi perevodnoi khudozhestvennoi literatury*, t.1 (Sankt-Peterburg: Dmitrij Bulanin, 1995), p.255, pp.263-264.『エミール』は非常に有名であり、特に「信仰告白」の部分は読者の関心の対象であった。Lotman, p.46. また、バランによれば、一般読者層には『エミール』よりも「信仰告白」のほうがはるかに親しまれていた。Barran, p.83. しかしながら、検閲当局が『エミール』のなかで最も危険視したのは「信仰告白」であり、これが禁書処分の最大の原因であった。Lotman, p.46.

37 ジュネットは作品における「序文」や「注」の相互補完性を指摘している。Genette, pp.294-296.

38 筆者は、中川氏のルソーに関する論考「反省に先立つ最善の人間としての自覚」に示唆を受けた。中川久定『甦るルソー、― 深層の読解 ―』岩波書店、1983、pp.218-219.
ルソーが「自己の最善性の確信」（中川、p.216.）を生涯抱き続け、それを複数の作品に表したことは事実であり、主なものとして「マルゼルブ租税院長官への四通の手紙」と『告白』（第10巻）を挙げておこう。ところで、「マルゼルブ租税院長官への四通の手紙」のロシア語訳は1783年と1798年に出版された。1798年の翻訳はカラムジーンの訳である。M. B. Razumovskaia, 'Russo', *Russko-evropeiskie literaturnye sviazi* (Sankt-Peterburg: Sankt-Peterburskogo gosudarstvennogo universiteta, 2008), p.190. マルゼルブへの手紙（第１巻）でルソーは「私ほど善良なものは一人としていなかったことを固く信じて、死んでいくことでしょう」と述べている。: *O.C.*, I, p.1133. / ルソー全集第２巻、佐々木康之訳「マルゼルブ租税院長官への四通の手紙」白水社、1981、p.469.「マルゼルブへの手紙」、『エミール』岩波文庫〈下〉、pp.384-385. また、『告白』では「結局のところ自分こそが人間のうちの最善のものといつも信じてきた」とある。: *O.C.*, I, p.517. / 岩波文庫〈下〉、p.49.
カラムジーンのルソーの人格に関する言及は『学芸啓蒙論』執筆当時のフラ

ンスを中心とするヨーロッパ社会や心性（メンタリティ）の動向に合致している。まず、『告白』第一部、第２部の出版（1782 年、1788 年）により自伝的な事柄への関心が高まったことは、こうした潮流をひき起こした要因である。もう一の要因として 1789 年のフランス革命期の心性も重要であろう。革命の初期にフランス革命の支持、不支持を問わずルソーの思想と人格への関心が急激に高まっていたのである。「どの人々も彼の人格への崇拝では一致していた。この崇拝は 1794 年 10 月 11 日のパンテオンへの遺骸の移送というクライマックスまで、熱狂へと高まっていった。」ルセルクル、p.285 この状況はロシアの知的読者層においても同様であった。Barran, p.97.

39　本書 p.21, p.60.

40　*O.C.*, III, p.17. 岩波文庫、p.31.

41　*O.C.*, III, p.9. 岩波文庫、p.19.

42　本書 pp.23-24, p.60.

43　*O.C.*, III,. p.9. 岩波文庫、p.19.

44　当時のロシアの知的エリートにとってフランスの知性を代表する書物とは、まず何よりもルソーの著作と『百科全書』であった。Black, p.13. また、カラムジーンはダランベールを高く評価していた。Razymovskaia, ‘d’Alamber’, *Russko-evropeiskie literaturnye sviazi*, p.72.
ルソーが『学芸論』でディジョン・アカデミーの賞を受賞し、これを出版したのは 1750 年である。ダランベールの「百科全書序論」が『百科全書』(1751-72) に掲載されたのは 1751 年のことである。
本書で参照する原典は、*Oeuvres de d’Alembert*, ‘Discours préliminaire de l’Encyclopédie’, I (Paris: Belin et Bossange, 1821; repr. Genève: Slatkine Reprints, 1967). pp.13-99. 引用の原典該当箇所は 1821 年版のリプリント版よるものとし、*O.C.A.*, I. と略記する。引用の邦訳該当箇所は岩波文庫『百科全書』、「百科全書序論」によるものとし、岩波文庫と略記する。

45　*O.C.A.*, I, p.24. 岩波文庫、p.29.

46　*O.C.A.*, I, p.24. 岩波文庫、pp.29-30.

47　本書 p.24, p.61.

48　*O.C.*, IV, p.429. 岩波文庫〈上〉、p.373.

49　本書 p.28, p.64.

50　山本正男『芸術の美と類型 — 美学講義集』スカイドア、2000 年、p.19.

51　佐々木健一『美学辞典』東京大学出版会、2000 年、p.38.

52　*O.C.A.*, I, p.38. 岩波文庫、p.54.

53　本書 p.28-29, p.64.

54　*O.C.A.*, I, p.42. 岩波文庫、p.62.

55　本書 p.28, p.64.

56　*O.C.A.*, I, pp.38-39. 岩波文庫、pp.55-57.

57　*O.C.A.*, I, p38. 岩波文庫、p.55.

58　本書 p.28, p.64.

59　*O.C.A.*, I, p39. 岩波文庫、p.56.

60　本書 p.28, p.64.

61　本書 p.28-29, p.64.

62　*O.C.A.*, I, p.42. 岩波文庫、p.62.

63　「有益な技術」についてルソーは『学芸論』で言及している。*O.C.*, III, p.29. 岩波文庫、p.51. その後、ルソーは『エミール』において「有益な技術」の優位を具体化している。*O.C.*, IV, p.429. 岩波文庫〈上〉、pp.373-374. ダランベールの論法とその解釈については井田氏の論文を参照のこと。
井田尚「『百科全書』あるいは啓蒙の『学問芸術論』：ディドロの文明社会論（1751~1770）」、『紀要』法政大学教養部、第 122 号、2003 年、p.69.

64　本書 p.29, p.64.

65　Paul Hazard, *La pensée européenne au XVIIIe siècle: De Montesquieu à Lessing* (Paris: Fayard, 1990), p.137, p.140.

66　*Pic'ma*, pp.167-169. Letters, pp.201-203.

67　本書 p.29, p.65.

68　*O.C.*,IV, p.565. 岩波文庫〈中〉、p.155.

69　*O.C.*,IV, p.565. 岩波文庫〈中〉、p.155.

70　本書 p.30, p.65.
このような進化論信奉者としてのボネの形象は、ボネ自身の著作に遡ることができる。Jean Ehrard, *L'idée de Nature en France dans la première Moitié du XVIIIe siècle* (Genève-Paris: Slatkine, 1981), pp.193-194. カラムジーンはこれをふまえてボネを預言者として登場させている。

71　本書 p.30, p.65.

72　*O.C.*, IV, p.606. 岩波文庫〈中〉、p.235.

73　Barran, p.105.

74　*O.C.*, III, pp.1383-1386. Pierre-Maurice Masson, *La religion de Rousseau*, I (Genève: Slatkine Reprints, 1970), p.279.　M.Schlup, 'Bonnet, Charles', in *Dictionnaire de Jean-Jacques Rousseau*, ed. by Raymond Trousson et Frédéric S. Eigeldiger (Paris: Honoré Champion Éditeur, 2001), p.88.

75　*Pis'ma*, p.169.　*Letters*, p.203.

76　*Pis'ma*, p.169.　*Letters*, p.203.

77　この文学パロディがボネ対ルソーという対立構図を背景に成り立っていることは明瞭となった。さらに解釈の射程を広げ、ルソーが百科全書派たちを攻撃するために「信仰告白」を『エミール』に挿入したこと（A.Rosenberg, 'Religion', in *Dictionnaire de Jean-Jacques Rousseau*, p.795）を考えると、もうひとつの文学パロディ性が明らかとなる。ルソーの「信仰告白」が百科全書派に対抗して書かれたのであれば、百科全書派対ルソーという対立構図を背景にカラムジーンは、「信仰告白」のスタイルで啓蒙主義の支持、すなわち、百科全書派の見解に与することを表明したということになる。従って、カラムジーンの「ボネのエピソード」は二重の文学パロディなのである。

78 本書 p.31, p.66.

79 *O.C.*, III, p.17. 岩波文庫、pp.31-32.

80 本書 p.32, p.66. 典拠は『学芸論』にある。'pourquoi chercher dans des temps reculés des preuves d'une vérité dont nous avons sous nos yeux des témoignages subsistants.' (*O.C.*, III, p.11.)「この真理（堕落と腐敗）の証拠を、遠く過ぎ去った時代に求める必要がありましょうか。いまなお眼前にその証拠が残っているではありませんか」（岩波文庫、p.21.）

81 *O.C.*, III, p.16. 岩波文庫、p.30.

82 本書 pp.32-35, pp.66-68. 人間が善良であった「無知」の時代についてのルソーの言説として下記を参照されたい。
'les temps de sa pauvreté et son ignorance' (*O.C.*, III, p.11.)「貧しく無知な時代」（岩波文庫、p.22.）; ' l'heureuse ignorance où la sagess éternelle nous avait placés.' (*OC.*,III, p.15.)「永遠の叡知（神）のおかげで、われわれが味わっていた幸福な無知の状態」（岩波文庫、p.29.）

83 本書 p.35, p.68.「慇懃さや愛想の良さは社会生活の華なのである」

84 本書 p.31, p.66. この逆説の典拠は「信仰告白」の下記の一節であり、その論理展開を逆にしたものである。'Si — l'homme soit méchant naturellement, il ne peut cesser de l'être sans se corrompre, et la bonté n'est en lui qu'un vice contre nature.' (*O.C.*, IV, pp.595-596.) :「人間は生まれつき邪悪な者であるなら、邪悪でなくなればかならず堕落することになるし、善良な人間であるということは自然に反した不徳になる。」（岩波文庫〈中〉、p.213.）

85 本書 p.32, p.66.

86 *O.C.*, IV, p.595. 岩波文庫〈中〉、p.213.

87 *O.C.*, IV, p.598. 岩波文庫〈中〉、p.218.

88 典拠は『学芸論』である。*O.C.*, III, p.11. 岩波文庫、p.22.

89 ルソーのロマンス『わが人生の悲惨の慰め』は 1781 年にパリで出版された。ルソーはこの第 6 節にグレッセの『牧歌の時代』*Le Siècle pastoral* を部分的に改作して挿入した。ルソーは改作によって牧歌の時代、つまり「過去」を理想化した。しかし、カラムジーンはグレッセの原作のほうを引用している。（*O.C.*, II, pp.1166-1173, pp.1907-1908.）詳しくは本書 pp.88-89, 訳注 22 を参照。

90 1781 年に出版された。*O.C.*, II, pp.1208-1223, pp.1922-1296. 詳しくは本書 p.89, 訳注 23 を参照。

91 本書 p.34, p.67.

92 本書 p.34, p.68.

93 *O.C.A.*, I, p.22. 岩波文庫、p.26.

94 *O.C.A.*, I, p.22. 岩波文庫、p.26.

95　本書 p.153, 論文注 31 を参照。
96　ルソーの表記によるこの課題文は、持論の展開に有利となるように、ディジョン・アカデミーの課題文に後半部分（イタリック字体 - 杉山）を追加したものである。*O.C.*,III, p.5, p.1240. 岩波文庫、p.11.
97　*O.C.*, III, p.1, p.1240. 岩波文庫、p.5.
98　Swenson, p.65
99　*O.C.*,III, p.16. 岩波文庫、p.30.
100　*O.C.*,III, p.19. 岩波文庫、p.35.
101　*O.C.*,III, p.12. 岩波文庫、p.24.
102　*O.C.*,III, p.12. 岩波文庫、p.24.
103　本書 pp.36-39, p.70-71.
104　*O.C.*, III, p.22. 岩波文庫、p.40.
105　本書 pp.39-40, p.71.
106　*O.C.*, III, p.10. 岩波文庫、p.20.
107　本書 pp.40-41, p.71.
108　本書 p.41, p.71.
109　本書 pp.40-41, pp.71-72.
110 本書 p.41, p.71.
111　*O.C.*, III, p.19. 岩波文庫、p.35.
112　*O.C.*, III, p.19. 岩波文庫、p.35.
113　本書 p.41, p.72.
114　*O.C.*, III, p.19. 岩波文庫、p.35.
115　*O.C.*, III, p.19. 岩波文庫、p.35.
116　本書 pp.41-42, p.72.
117　*O.C.A.*, I, p.43. 岩波文庫、p.64.
118　本書 p.42, p.72.
119　*O.C.*, III, p.18. 岩波文庫、p.32.
120　*O.C.*, III, p.18. 岩波文庫、p.33.
121　本書 pp.42-43, pp.72-73.
122　*O.C.A.*, I, pp.29-30. 岩波文庫、pp.39-41.
123　Lotman, 1992, p.46. Ju.D.Levin, *Istoriia Russkoi perevodnoi khudozhestvennoi literatury, Drevniaia Rus'. XVIII vek*, t.1 (Sankt-Peterburg : Rossiskaia Akademiia Nauk, 1995), p.230, p.264. Marguerite Razoumovskaia, 'Les idées politiques et sociales de J.-J. Rousseau en Russie au Siècle des Lumières', in *Jean-Jacques Rousseau, politique et nation*, ed. by le Musée Jean-Jacques Rousseau et le comité scentifique : René Pomeau and others (Paris: Champinion, 2001), p.687.
124　本書 p.56, pp.82-83. 原注 18.
125　*O.C.*, IV, p.594. 岩波文庫〈中〉、p.211.
126　*O.C.*, IV, p.594. 岩波文庫〈中〉、p.211.

127 *O.C.*, IV, p.594. 岩波文庫〈中〉、pp.211-212.
128 本書 p.43, p.73.
129 *O.C.*, III, p.18. 岩波文庫、p.33.
本論では慣例にしたがい「市民」という訳語を使用するが、ルソーが『社会契約論』で念をおしているように、都市居住者という意味ではない。*O.C.*, I, pp.361-362. 岩波文庫、pp.31-32 さらに、「市民」とは中川久定氏の指摘のとおり、国家に有用な「国民」(「国家的人間」)の意味であり、「ルソー特有の国家主義的側面」を蔑にしてはならないであろう。中川久定『転倒の島』岩波書店、2002、pp.143-145.
ルソーの忠実な読者であるカラムジーンはこのことを明確に意識して弁論を進めている。
130 本書 p.43, p.73.
131 本書 p.44, pp.73-74.
132 本書 p.44, pp.73-74.
133 *O.C.*, III, p.364. 岩波文庫、p.36.
134 *O.C.*, III, p.364-365. 岩波文庫、pp.36-37.
135 本書 p.44, p.74.
136 本書 pp.44-45, p.74.
137 本書 p.45, p.74.
138 *O.C.*, IV, p.857-858. 岩波文庫、〈下〉pp.332-334.
139 本書 pp.45-46, pp.74-75.
140 *O.C.*, III, p.364-365. 岩波文庫、pp.36-37.
141 *O.C.*, III, p.364. 岩波文庫、p.36.
142 本書 pp.130-131.
143 *O.C.*, III, p.365. 岩波文庫、p.37.
グレトゥイゼンは、ルソーの政治体系の根本概念のひとつとして「美徳」(「道徳」)を挙げている。「有徳であることが個別意思と一般意思の一致にほかならなくなる」とし、完成された社会で倫理道徳によって保証される自由、すなわち、「道徳的な自由」に明確な定義を与えている。B. グレトゥイゼン、小池健男訳『ジャン－ジャック・ルソー』法政大学出版局、1978、p.297.
ロトマンによれば、カラムジーンが「一般意思」の理念を否定することは決してなかった。Iu.M.Lotman, 'Otrazhenie etiki i taktiki revoliutsionnoi bor'by', *Russkaia literatura i kul'tura Prosveshcheniia* (Moskva: O.G.I., 1998), p.31.
144 Lotman, 1992, p.46. Levin, p.174. Razumouvskaia, 'Russo', *Russko-evropeiskie literaturnye sviazi*, p.192. Barran, pp.43-44.
実際、カラムジーンはデルジャーヴィン宛て書簡(1793 年 9 月)で執筆当時の状況が文学に好意的ではないことを述べている。*Sochneniia Derzhavina*, ed. by Ia. Grot, 2nd. edn. vol.5 (SPb., 1876), p.866.

145 *O.C.*, III, p.26. 岩波文庫、p.46.
146 *O.C.*, III, p.386. 岩波文庫、p.69.
147 本書 p.48, p.76.
148 本書 p.51, p.77.
149 ルセルクル、p.232.
150 本書 pp.46-47, p.75.
151 *O.C.*, III, p.25. 岩波文庫、p.46.
152 *O.C.*, III, p.26. 岩波文庫、p.46.
153 本書 p.47, p.75.
154 本書 p.47, p.75.
155 本書 p.21, p.60.
156 本書 p.48, p.76.
157 本書 p.48, p.76.
158 ダランベールはルソーへの論弁のなかで「学芸によって人間が道徳的により善良になり美徳がより一般的にゆきわたるということを証明するのは困難であろう」（*O.C.A.*, I, p.82. 岩波文庫 pp.134-135.）という見解を述べており、これは百科全書派の見解でもある。他方、カラムジーンのアンチテーゼ — これは同時に下位構造、すなわち、第 9 段落においては公理であるのだが — は「啓蒙」の道徳的な効果に関する百科全書派の見解をはるかに超えた道徳効用論である。
159 本書 p.48, p.76.
160 本書 p.49, p.76.
161 本論 pp.154-155, 論文注 38 を参照。
162 *O.C.*, III, p.405. 岩波文庫、p.97.
共和国が公共の利益のために、徳と個別の利益の犠牲とを必要とするという考えは、実のところ 18 世紀の政治思想の古典的な決まり文句であり、ルソーのほか、モンテスキュー、マブリ、ロベスピエールもこの潮流に属するとされる。ベルナール・マナン、柏木加代子訳「ルソー」、フランソワ・フュレ、モナ・オズナーフ監修、河野健二、坂上孝、富永茂樹監訳『フランス革命事典』6、思想 II、2000 年、みすず書房、p.247.
163 *O.C.*, IV, p.565. 岩波文庫〈中〉、p.155.
164 *O.C.*, IV, p.592. 岩波文庫〈中〉、p.207.
165 Kahn Andrew, '« Blazhenstvo ne v luchakh porfira » : histoire et fonction de la tranquillité (*spokojstvie*) dans la pensée et la poésie russes du XVIIIe siècle, de Kantemir au sentimentalisme', *Revue des Études slaves : Le Sentimentalisme Russe*, 74 (2003), p.670, p.685.
166 本書 p.49, p.76.
167 Makogonenko, *Radishchev i ego vremia*, pp.527-528.
168 Makogonenko, *Radishchev i ego vremia*, pp.528-529.

実際、カラムジーンは、階級差をもたらした社会秩序の問題についてなにも言及していない。ルソーもまた、『学芸論』においてはこの問題をテーマにしていない。カラムジーンはルソーの誠実な読者であった。

169「善良なるルソー」という呼びかけについては先に本論で指摘した。pp.108-111. 参照。
ルソー主義において、古典的な共和国の徳は人間の善良さと一体化する。「ルソーにとって徳はそのうえに善良さ、情感および私的な習俗の優しさを意味している。」マナン「ルソー」、pp.247-248. したがって、「徳の国家」の実現には市民が個別の利益を犠牲にして公共の利益を優先させることのできるほど「有徳」であることも、「善良さ」の概念に包括されると考えて良いであろう。ルソーを師と仰いだロベスピエールは、こうした意味で「善良なるルソー」(Masson, pp.239-240.) という呼びかけをしていたと考えられる。

170 本書 p.49, p.76.

171 Black, *Citizens for the Fatherland*, p.120.
Marc Raeff, *Compredre l'Ancien Régime russe* (Paris: Seuil, 1982), pp.114-115. (邦訳：マルク・ラエフ、石井規衛訳『ロシア史を読む』名古屋大学出版会、2001 年、pp.106-107)

172 Black, pp.118-119.

173 L.G.Kisliagina, *Formirovanie obshchestvenno-politicheskikh vzgliadakh N.M.Karamzina (1785-1803 gg.)*, (Moskva: Izd. Moskovskogo Universiteta, 1976), pp.119-120.

174 本書 p.50, p.77.

175 B. グレトゥイゼン、井上堯裕訳『フランス革命の哲学』、法政大学出版局、1988 年、108-109R. ダーントンはゲーテ時代における「読書習慣」の変遷の驚くべき現象として、ルドルフ・ベッカー『農民のための手引き』(1788 年) がベストセラーとなり、「精読」されていたことを指摘している。(ロバート・ダーントン、海保真夫、坂本武訳『歴史の白昼夢、フランス革命の 18 世紀』河出書房新社、1994 年、p.109) 公衆教育のなかで農民の啓蒙が時流であったことの例と考えられる。

176 本書 p.50, p.77. 当時、エカテリーナⅡ世やノヴィコーフ、ラジーシチェフ、カラムジーンなどの啓蒙主義者たちは農民を含め社会の全構成員の啓蒙教化を目標とし、彼らの社会道徳的な義務の達成を理想としていた。Raeff, pp.118-119. (ラエフ、pp.110-111.)

177 ルセルクル、p.94.

178 *O.C.*, III, p.8. 岩波文庫、p.16.

179 *O.C.*, III, p.10. 岩波文庫、p.20.

180 *O.C.*, IV, p.860. 岩波文庫〈下〉、p.337.

181 *O.C.*, IV, p.852. 岩波文庫〈下〉、p.322.

182『学芸論』では「農民」と「啓蒙」は相容れない対概念として随所に示され

ている。*O.C.*, III. p.8, p.10, p.14. p.20. 岩波文庫、p.16、p.20、p.27、p.36.

183 *O.C.*, V, pp.55-57. ルソー全集第８巻、西川長夫訳「演劇に関するダランベール氏への手紙」（原題は「ダランベール氏への手紙」）、白水社、1979年、pp.78-79

184 *O.C.*, III, p.380. 岩波文庫、p.61.

185 本書 p.51, p.77.

186 ベアトリス・ディディエ、小西嘉幸訳『フランス革命の文学』白水社、1991年、p.19.

187 Ju.M.Lotman, *Sotvorenie Karamzina* (Moskva: Kniga,1987), p.145.

188 *O.C.*, III,pp.381-384. 岩波文庫、pp.61-67.

189 *O.C.*, III,p.381. 岩波文庫、p.61.

190 M.Mercier, *De J.J.Rousseau, considéré comme l'un des premiers Auteurs de Révolution*, 2vols. (Paris: Buisson, 1791). 例えば、メルシエは『社会契約論』が共和国憲法の源泉であったと指摘する。Mercier, *De J.J.Rousseau*, t.2, pp.306-307. Lotman, *Sotvopenie*, p.218. また、メルシエの著書はルソーの著作が革命を予告し革命の綱領を定式化したことを論証するものである。バチコ・ブラニスラフ「啓蒙」、『フランス革命事典』5、思想I、1992年、みすず書房、p.155. また、革命初期において『社会契約論』はいわば「聖典」であった。Will and Ariel Durant, *Rousseau and Revolution* (New York: Simon and Schuster, 1967), p.880. さて、メルシエの同著書についてカラムジーンはモスクワ・ジャーナルの書評欄で検閲への配慮から " 簡略に " 紹介したが、ヴォルネーの『廃墟』とともに1791年刊行のフランス書籍のなかでもっとも重要な出版物であると明記した。N.M.Karamzin, *Moskovskoi Jurnal*, cacst' 5, 2nd edn. (Moskva, 1802), p.145. Lotman, *Sotvopenie*, p.217.

191 河野健二『フランス革命200年』朝日新聞社、1987年、p.135.

192 *O.C.*, IV, p.468. 岩波文庫〈上〉、p.499、p.511.

193 ルソーの遺骸がパンテオンへ移葬（1794）された際の荘重な葬列では、ルソーの胸像が設置された山車の前方には『社会契約論』の表象が掲げられ、国民公会は「立法者」の表象を掲げての葬送であった。Marie-Louise Biver, *Fêtes révolutionnairs à Paris*, P.U.F. Paris, 1979, p.98. また、エドガー・キネ（Edgar Quinet, 1803-1875）はルソーを革命の立法者とみなしていた。キネにとっても『社会契約論』は革命についての「法典」であった。マナン「ルソー」、p.227.「人類の友」に関して、たとえば、ロベスピエールは演説原稿でルソーを「この善良なる人類の友」('ce vertueux ami de l'humanité') と称している。Maximilien Robespierre, *Papiers inédits trouvés chez Robespierre, Saint-Just, Payan, etc., surpprimés ou omis par Courtois; précédés du rapport de ce député à la Convention nationale: avec grand nombre de facsimile et les signiatures des principaux personnages de la Révolution*, t.2 (Paris: Baudouin Frères, 1828), p.63. また、ロベスピエールの演説『憲法の擁護者』から河野健二氏はつぎ

の文言を引用している。「おお、なんじ真の崇高なる人類の友よ。羨望と陰謀によって迫害されたなんじ、不滅のジャン・ジャックよ。—」、『社会契約論』岩波文庫、p.236. なお、カラムジーンはロベスピエール失墜までのフランス革命を肯定的にとらえ、ロベスピエールの政治理念に共感していた。Lotman, 'Otrazhenie etiki i takiti', p.30.

194 ルセルクル、p.285.

195 *O.C.*, III, pp.29-30. 岩波文庫、pp.52-53.

196 *O.C.*, III, p.30. 岩波文庫、p.53.
ところが、『学芸論』第1部ではルソーは学者の徳を全面的に否定している。'*Depuis que les Savans ont commencé à paraître parmi nous*, disaient propres Philisophes, *les Gens de bien se sont éclipsés*. Jusqu'alors les Romains s'étaient contentés de pratiquer la vertu; tout fut perdu quand ils commencèrent à l'étudier.' *O.C.*, III, p.14.「学者がわれわれのあいだに現れはじめて以来」、とローマの哲学者自身がいいました、「善行の士は姿を消した」と。それまでローマ人は徳を実践することだけに満足していましたが、彼らが徳を研究しはじめると、すべての徳は失われてしまったのです。」岩波文庫、p.27.

197 Jean Starobinski, *Jean-Jacques Rousseau: La transparence et l'obstacle* (Paris: Gallimard, 1971), pp.47-48.（ジャン・スタロバンスキー、山路昭訳『透明と障害』みすず書房、1993年、pp.52-53.）

198 *O.C.*, III, p.380. 岩波文庫、p.61.

199 *O.C.*, III, p.381. p.383. 岩波文庫、pp.61-62, pp.65-66.

200 ジャン・スタロバンスキー、井上堯祐訳『フランス革命と芸術』法政大学出版局、1989、p.43.

201 本書 p.51, p.78.

202 例えば、アリストパネスは詩人が称賛される原因についてエウリピデスに「その才とその健実な忠告とでだ、市民たちをよりよき者にするためだ」と答えさせている。高津春繁訳『蛙』、『ギリシア・ローマ古典劇集、世界文学大系2』筑摩書房、1959年、p.323.

203 *O.C.*, III, p.7. 岩波文庫、p.14.

204 本書 pp.51-52, p.78.

205 ロバート・ダーントン、近藤朱蔵訳『禁じられたベストセラー・革命期のフランス人は何を読んでいたか』新曜社、2005年、p.166.

206 ルセルクル、pp.36-37.

207 本書 p.52, p.76.

208 *O.C.*, I, p.976. ルソー全集第3巻、小西嘉幸訳「ルソー、ジャン＝ジャックを裁く — 対話」、白水社、1979年、p.336.

209 *O.C.*, I, p.1748. ルソー全集第3巻、p.374. これはパリ写本の原注であり、ジュネーブ写稿では削られている。ジュネーブ写稿は1782年出版のルソー全集で公刊された。*O.C.*, I, p.1748, p.1905.

210 本論 pp.154-155, 論文注 38 を参照。このほか、『孤独な散歩者の夢想』においても同様のテーマがあらわれる。*O.C.*, I, p.1023. 岩波文庫、p.54.『孤独な散歩者の夢想』を含めた以上の 4 作品は、個々の出版のほか、遅くとも 1782 年から 1789 年までにジュネーブで公刊されたルソー全集におさめられた。*O.C.*, I, pp.1889-1908. カラムジーンのヨーロッパ旅行は 1789 年から 1790 年にかけてのことである。『ロシア人旅行者の手紙』によれば、カラムジーンはジュネーブに 5 か月は滞在し (*Pis'ma*, pp.156-189. *Letters*, pp.186-223.)、ルソーはもちろん、それ以外にも「フランス文学を完璧に理解しようと新旧のフランス文学」を熟読していた。(*Pis'ma*, p.161. *Letters*, p.194.)

【解説】

カラムジーンと18世紀ロシア「啓蒙」

―『学問、芸術および啓蒙について』までの軌跡―

はじめに

『学問、芸術および啓蒙について』(以下、『学芸啓蒙論』と略記)というひとつの作品 ― 作品とは、一種の「思考実験」であり、何らかの変革の呼びかけです ― を理解するにも、18世紀啓蒙主義の時代の社会、文化史的な背景を偏りのないパノラミックな視野で再現し、テクストをその環境に送り出す手順が不可欠であります。従来、カラムジーンについては、センチメンタリズム文学のリーダー、あるいは、『ロシア国史』を執筆した愛国者といった紋切型の文学史観が喧伝されることが多く、その結果、プレ・ロマン主義の作家、ロシア人の「心」の発見者、あるいは保守的な君主制主義者といったレッテル ― これらは確かに一片の事実でありますが ― それが社会、文化史的な検証作業なしに認知されてきました。さて、レッテルの呪縛から開放され新たな作品理解を創出するには、従来とは少々違った視点から、即ち、18世紀啓蒙思想の観点から、カラムジーンの文芸ジャーナリズム活動を支えた根本原理を再検討することが肝要です。本論では、その基盤形成期 ― 修行時代からヨーロッパ旅行 (1789–90) までの青年期 ― に焦点を絞り、カラムジーンがどのような「啓蒙」を理想とし、どのように実践した結果、『学芸啓蒙論』の創作、発表に至ったのか、この点を明らかにしていきます。

18世紀ロシア「啓蒙」の背景

ロシアにとって18世紀は、あらゆる意味で飛躍的発展の時代であり、それは次第に文化の深層構造に、つまり、ロシア知的エリートたちの心性(メンタリティ)にも大きなインパクトをもたらしました。まず、17世紀末に即位したピョートル大帝以降、国家のエリートたちは「ヨーロッパ化」に邁進し、1762年にクーデターによって即位し、啓蒙専制君主として名高いエカテリーナⅡ世の時代にロシアはついにヨーロッパの列強となります。ヴェイドレの言を借りれば、『豊かな国とそのりっぱな宮廷についての世評はさらに爆発的にたかまり、他の国の栄光はそのため影がうすれたほど』[1]でした。しかしそのいっぽうで、この時代の知的エリートの多くは専制君主政体の時代であったにもかかわらず、ツァーリに隷属する家臣・宮廷人という役柄からすでに脱却し、政治権力から離れた個人の立場で、ロシア国家と人民の啓蒙について思索していたのです[2]。例えば、世代順に、ノヴィコーフ、フォンヴィージン、ラヂッシェフ、ムラヴィヨーフ、そしてカラムジーンは、表向きはどうであれ、国家や宮廷の意向に支配されないという意味で自由な心性（メンタリティ）の持ち主でした。彼らは旅行や留学、文通によるヨーロッパのエリート層との直接的な交流、あるいは印刷物を介しての間接的な交流を享受し、ヨーロッパ「文芸共和国（レピュブリック・デ・レトル）」の知的遺産をそれぞれの流儀で熱心に受容しました。もとよりピョートル大帝以降、ロシアのエリート青年層にはヨーロッパ文化およびヨーロッパのエリートたちの知的生活を、彼らと共に分かち合うべく、すべからく教育路線が敷かれていたのです[3]。しかも彼らは、こうした官製の啓蒙路線に飽きたらず「思考の枠組」の改革の必要性をはっきりと自覚していたと言えましょう。かつて、ロシア科学アカデミー創立当時（1725）のロシア・アカデミーの会員は、全員が外国人でした。約半世紀が経過した後もロシアには、デカルト、スピノザ、カントのような「人類の進歩」に貢献する哲学体系を生み出す思想家は登場しませんでした。さらに、ヴォルテール、ディドロのように国際的に活躍するフィロゾーフもいませんでした。こうした状況のなかで、ロシアの知的エリートたちは近代ヨーロッパのエリート文化 — 啓蒙文化にさまざまな評価を与えつつ、自国ロシアの現実と将来について自らの意思で行動することになります。カラムジーンは、こうした知的エリートのひとりとして最も広範囲にわたって活躍し、最も成功したフィロゾーフでありました。フィロゾーフという言葉は狭義ではヴォルテール、モンテスキュー、百科全書派など、18世紀フランスの啓蒙思想家を指しますが、ここでは広義の意味で ―「合理的判断力と社交性を備え、規制の概念に組することなく、著作活動を介して臣民や権力者に働きかける有用な進歩的知識人」― と定義します。

カラムジーンの修行時代、
薔薇十字団派フリーメーソンにて：
ノヴィコーフとレンツ

プロフェショナルとしてカラムジーンが文学・ジャーナリズム活動を開始したのは、18 世紀末のことですが、その道のりは平坦ではありませんでした。1766 年に地方貴族の家庭に生まれ、幼年期に出生地シンビルスク県とモスクワのパンシオン（私塾）にて古典語、その他の外国語を学ぶなど、貴族の子弟としては中程度の教育を受けました。当時の慣例にしたがって軍隊に入隊しますが、父の死後、軍隊を辞め 1784 年に帰郷。ただし、それ以前の 1783 年にゲスナーの田園詩『木の足』を翻訳出版していることから、退役後の文筆活動を早々と準備していたという見方もできるでしょう。さて、故郷の社交界で快男児のごとくふるまっていたカラムジーンは、薔薇十字団派フリーメーソンの I.P. ツルゲーネフの勧めで 1785 年にモスクワに上京します。そして、薔薇十字団の傘下にあったノヴィコーフの印刷出版所での修行時代に、二人のフリーメーソン、ノヴィコーフ (1744–1818) とヤーコプ・レンツ (1751–1792) と出会いますが、カラムジーンはある状況のもとで、「啓蒙」に関わる自己の信条に関して重大な決断を下す必要に迫られ、ついにはヨーロッパへ旅立つことになります。では、カラムジーンとノヴィコーフ、レンツの関係がそれぞれどのようなものであったかを浮き彫りにしてみましょう。

ノヴィコーフは 1775 年にペテルブルクで薔薇十字団に入団し、1779 年からはモスクワ大学印刷所を借り上げて本格的な啓蒙出版事業に着手します。1784 には、これとは別の独立した印刷出版所の経営にも成功します。フリーメーソンの機関紙『朝の光』、風刺雑誌『雄蜂』や新聞『モスクワ報知』、事典類、そしてヨーロッパの一流の文学・哲学者の翻訳書籍等の発行に従事し、1779 年から 1791 年までに発行された書籍は、やく

1000冊にもなります[4]。ノヴィコーフは作家や翻訳家たちと毎日のように今後の出版物を協議し、彼らの原稿を修正することもありました[5]。こうした環境のなかでカラムジーンは、おおよそ20歳から25歳までの間、フリーメーソンの文学、例えばハラーの『悪の起源』の翻訳や上記の『モスクワ報知』の付録雑誌『心と理性のため子供の読み物』の編集出版に携わりながら、将来の文芸ジャーナリズム活動の素地をつくったのです。しかし、順調なように見えたカラムジーンの修行時代にある影がさします。モスクワの薔薇十字団やその傘下でのノヴィコーフの啓蒙出版事業は、フリーメーソンの二つの主な傾向、神秘主義と啓蒙への奉仕を建て前とし、ヘラースコフやクトゥーゾフといった古参の会員からの異議申し立てもなく、薔薇十字団の安泰も保たれていました。しかし、この団体は — ドイツの黄金の薔薇十字団と同様に — じつは「啓蒙結社」というより神秘的、密議的な偏向を特徴とする結社で[6]、しかも、近年の研究では薔薇十字団の「啓蒙」への貢献はごく僅かであったことが明らかになっています[7]。次に、ノヴィコーフ本人の文学と思想についてですが、薔薇十字団入会以前から民族主義的な傾向の人物であり、自らの文筆活動においてもこの傾向は一貫していました。確かに、出版人としてのノヴィコーフは翻訳事業において近代ヨーロッパのエリート文化を代表する著作としてヴォルテール、ディドロなど、フランス啓蒙思想家の作品も出版しています[8]。とはいえ、評論や風刺作品においてはヨーロッパの啓蒙文化に対抗し、中世ロシアの文化、社会や近代以前のロシア人の精神性 —「ロシアの過去」の優位性と「美徳」の卓越性を提唱していたのです。このようなノヴィコーフ流の民族主義は、人類共通の「普遍主義」を基調とする「啓蒙思想」とはまったく相容れないものでした。ノヴィコーフはヨーロッパの啓蒙文化をロシア的な文明の繁栄を妨げるものと見做し、特に、フランス啓蒙思想には敵意すら抱いていたのです[9]。以上のように、モスクワの薔薇十字団とノヴィコーフの啓蒙活動は神秘的、密議的な偏向と民族主義的な偏向を特徴とし、これは明らかにヨーロッパの知的エリートたちが理想としていた人類全体を射程におさめた「啓蒙」とは異質のものでありました。

ところで、カラムジーンはノヴィコーフのもとで修行を始めたちょうどこの時期に、疾風怒涛期を生きたドイツの天才詩人・劇作家レンツと親交を深め、世界観の広がりを体験することになります。レンツは1781年にペテルブルグ入りしますが、1784年からはモスクワのノヴィコーフの印刷出版所の宿舎に滞在し著述活動をしていました。ケーニヒスベルク大学出身、かつてはカントに入門し、ゲーテ、ヴィーラント、ヘルダー、ラーヴァターらと若き日を共に過ごした「疾風怒涛」期の不遇の天才は、1792年に — エカテリーナによるフリーメーソン弾圧直後のことでしたが —「モスクワの行路病者として果てた」[10]悲劇的な運命の人でした。しかし、カラムジーンにとってレンツは生涯の恩人です。カラムジーンはモスクワに上京した1785年からレンツと同じ宿舎に住み、近代ドイツ文学やヨーロッパの文学状況、特に、「疾風怒涛」期のドイツにおけるシェイクスピアの受容についてリアル・タイムの豊富な情報をレンツからドイツ語で直伝されたのです[11]。また、指南役としてレンツもカラムジーンに惜しみなくすべてを与えたといっても過言ではありません。カラムジーンにラーヴァター紹介の労をとり、1786年に始まる彼らの文通を成立させたのはレンツでした。また、カラムジーンの旅行先の決定にはレンツの国際的なネット・ワークが有効でした[12]— 実際、カラムジーンはゲーテ、ヴィーラント、ヘルダー、ラーヴァターら、レンツの旧友たちをヨーロッパ旅行中に訪れています。ひるがえって、フリーメーソンに関してですが、レンツはモスクワの薔薇十字団に身を寄せていたとは言え、その教義に囚われることはありませんでした[13]。ゲーテやヘルダーなどドイツ人知的エリートのほとんどは、黄金薔薇十字団のような神秘主義的密議結社に否定的であり、これとは対照的に啓蒙思想と合理主義を重視する啓明結社の会員である[14]と同時に、全人類的な視野を持つフィロゾーフだったのです。このことはヘルダーの主著が『言語起源論』(1770) や『人類の歴史と哲学のための諸概念』(1784–1791) であったり、レッシングの主著が『人類の教化』(1780) であることからしても明らかでありましょう。カラムジーンはレンツとヘルダーの影響によってシェイクスピアに開眼し[15]、『ジュリアス・シーザー』の翻訳出版 (1787) やレッシングの『エミーリア・ガロッティ』の翻訳出版 (1788) をしています。モルダフチェンコの言うように、これらの翻訳出版は薔薇十字団の信条とは何ら関係の無いものであり、1780年代末にはカラムジーンが独自の哲学、美学的な見識を持っていたことの証左となります[16]。カラムジーンはレンツの全存在を介して薔薇十字団の神秘主義的な啓蒙から解放され、ヨーロッパ「文芸共和国（レピュブリック・デ・レトル）」の伝統を背景に統一された知的エリート集団による全人類のための「啓蒙」を見据えていたのです。

カラムジーンは1789年にノヴィコーフとモスクワの薔薇十字団から離反し、ヨーロッパに旅立ちます。修行時代にカラムジーンは、ノヴィコーフの出版所で「フリーメーソン」と「啓蒙思想」という18世紀ヨーロッパ文化を根底から支えた二つの潮流に身を投じたわけですが、そこで何を是とし、何を否とし、結局離反しなければならなかったのでしょうか。後者については、これまで薔薇十字団の活動枠の「狭さ」[17]と神秘主義[18]が指摘されてきましたが、これ以外の理由は研究史上、示されていません。また、出版印刷所で受けた恩恵についてですが、研究史上、カラムジーンが文学的、精神的な成長を遂げたことは漠然と言われてきましたが、それが具体的に検証されたことはありませんでした[19]。しかし、本論でノヴィコーフとレンツという二人の対照的な人物とカラムジーンの関係を、「啓蒙」というプリズムをとおして比較考察しましたので、さらに具体的な事柄が明らかです。カラムジーンは修行時代に得た恩恵として、レンツとの交流からヨーロッパの大多数の知的エリートの支持する普遍主義的な「啓蒙」を理解し、人類共同体的な啓蒙文化を実感したと言えましょう。また、薔薇十字団派フリーメーソンが18世紀ヨーロッパ文化およびロシア文化に「感情」の居場所を確保し「心の生活」の必要性を ― 宗教的な理由からでしたが ― 説いたことは確かな事実であります[20]ので、カラムジーンもこうした恩沢をある程度は受けたと考えられます。閑話休題。しかし、啓蒙出版事業のプロフェショナルであるノヴィコーフからカラムジーンがさまざまな実務を学びとり、その情熱や慈善事業に共感を抱くことがあったにせよ、ノヴィコーフの思想の根底に潜む民族主義的偏向とフランス啓蒙思想に対する敵意、さらにそこから生じる反ヨーロッパ的啓蒙主義については相当の違和感を抱いていたはずです。カラムジーンが薔薇十字団派の神秘主義のみならず、ノヴィーコーフ流の民族主義が主張する狭義の「啓蒙」を否とし、ヨーロッパの知的エリート集団の目線で全人類を射程に収めた広義の「啓蒙」を是として離反を実行したことは、自らの文芸ジャーナリズム活動の根幹に関わる英断でした。

ヨーロッパ旅行後、「啓蒙」メディアの創出へ：
文芸総合誌と文学アリマナフ

啓蒙時代の人々にとってヨーロッパ旅行は「学校」であり、18 世紀末にはロシアの知的エリートの間でも遅ればせながら「グランド・ツアー」が流行します[21]。ヨーロッパ文芸共和国に国境は無く、異国の旅行者もフィロゾーフたちとフリーメーソンのネットワークのおかげで各都市のサロンやロッジ、あるいはフィロゾーフ宅を訪問することができたのです。モスクワの薔薇十字団から離反し自由の身となったカラムジーンのヨーロッパ旅行は、「啓蒙」の理想とロシア人としての自負を携えての、約一年半にわたる視察・取材旅行でしたが、どのような姿勢（スタンス）で「ヨーロッパ」に接したのでしょうか。カラムジーンの『ロシア人旅行者の手紙』（1790 年 5 月パリ）には次のような一節 ―「民族的なものすべては、全人類的なものの前では無に等しい。肝心なことは、人間であるということで、スラヴ人であるということではない。人間にとって素晴しいものが、ロシア人にとって悪いものであるはずがない。…人間にとって有益ならば、*それは私のものだ、なぜなら私は人間だから。*（筆者訳）」[22] ― があります。これは、ロシアの西欧化批判に対するカラムジーンの反論であります。カラムジーンは祖国を卑下しているのではなく、人類全体の進歩というパースペクティヴから啓蒙思想の進歩主義的歴史観と楽観主義の明快な主張をしているのです。カラムジーンは啓蒙思想の普遍主義を自分の哲学とし、しかも、ロシア人としての自負としてこれを ―『***ロシア人****旅行者*の手紙』という題名にあるとおり（太字イタリック－筆者）― 堅持していたと考えられます。カラムジーンは、啓蒙主義の洗礼を受けたロシア人フィロゾーフとしての自覚とともに 1790 年秋に帰路に着きます。そして帰国後、ヨーロッパで流行の雑誌類をモデルに政治色と宗教色 ― とくに薔薇十字団派フ

リーメーソンの神秘主義 ― を排除した、ロシアで初めての本格的な文芸総合誌『モスコーフスキイ・ジュールナール』（1791–92）を創刊します。『ロシア人旅行者の手紙』が連載されたほか、『哀れなリーザ』、『貴族の娘ナターリア』など、紀行文、恋愛小説、歴史小説などさまざまなジャンルのロシア語の散文・韻文作品、さらには、外国の散文・韻文作品、内外の文学・演劇批評、偉人伝シリーズ、アネクドート、ヨーロッパの社会記事、自然科学関連の記事を含む雑誌構成は、ヨーロッパのエリート層が共有する啓蒙文化をロシアの読者層に伝えるにじゅうぶんな企画でした。『モスコーフスキイ・ジュールナール』は、モスクワの薔薇十字団の会員にはまったく不評でした[23]が、カラムジーンの平明なロシア語で書かれた作品群は公衆の心と理性の「啓蒙」を促し、感受性の時代の到来を決定的にしたのです。しかし、ヨーロッパの啓蒙文化と連動する「啓蒙」を理想としたカラムジーンの画期的なマニフェスト誌は、フリーメーソン壊滅を目的に逮捕されたノヴィコーフの救済をカラムジーンが訴えたことが禍いし、1792年末に閉刊に追い込まれました。

『モスコーフスキイ・ジュールナール』という雑誌名が、ヨーロッパの各都市にその都市の雑誌があることから命名されたとすれば、文学アリマナフ『アグラーヤ』も同様に、ヨーロッパの文芸ジャーナリズムの現状 ― フランスの『アルマナ・デ・ミューズ』やドイツ各地で「疾風怒涛」の文学サークルが発行していた、たとえば『ゲッティンゲン詩神年鑑』などの文学アリマナフの流行 ― をヒントにカラムジーンが創刊したアリマナフです[24]。執筆者兼編集者であるカラムジーンが『モスコーフスキイ・ジュールナール』閉刊の辞で約束した[25]とおり『アグラーヤ』(1794–1795)には以前に増して洗練度の高い詩と散文が掲載されました。とくにその第１巻には、ロシア・センチメンタリズムの根本理念を表現した三大作品 ― 国家社会論『学芸啓蒙論』、センチメンタリズムの文学綱領『何が作者に必要か』、小説『ボルンホルム島』[26]が含まれていました。これらはカラムジーンにとって、「啓蒙の世紀」との対話から導きだした最初の結論であり、その中心的な思想は『学芸啓蒙論』に彫琢をきわめたかたちで表現されています。19世紀の文芸批評家ベリンスキイは、カラムジーンは「思想の運動の結果としての言語の運動」[27]によって「ロシア文学を新しい思想の圏内に導き入れた」[28]と指摘しましたが、『学芸啓蒙論』はカラムジーンの近代的な思想の主要な部分を現代の私たちに開示する、まさにそのような作品なのです。

杉山春子（すぎやまはるこ）

注

1　ヴラジーミル・ヴェイドレ、山本俊郎・野村文保・田代裕共訳『ロシア文化の運命』冬樹社、1972、p.75.

2　Marc Raeff, *Origins of the Russian Intelligentsia: The Eighteenth-Century Nobility* (New York: An Original Harbinger Book, 1966), pp. 145-147.
Marc Raeff, *The Well-Ordered Police State: Social and Institutional Change through Law in the Germanies and Russia, 1600-1800* (New Haven and London: Yale University Press,1983), pp.245-246.

3　Raeff, *Police State*, p.67.

4　André Monnier, 'Nikolai Novikov', in *Histoire de la Littérature Russe I, : Des Origines aux Lumières*, ed. by E.Etkind, G.Nivat, I.Serman, V.Strada (Paris: Fayard, 1992), p.531.

5　Ivan Martynov, 'La franc-maçonnrie et la littérature russe au XVIIIe sicèle' trans. by André Markowicz, in *Histoire de la Littérature Russe I*, pp.645-646.

6　Ia.L.Barskov, *Perepiska moskovskikh masonov XVIII veka* (Petrograd: 1915), p.XXXVII.
G.A.Gukovskii, 'Masonctvo' in *Russkaia literatura XVIII veka* (Moskva: Aspekt Press, 1998), p.255.
水上藤悦「18世紀ドイツの知識人とフリーメイソン」『18世紀ヨーロッパのなかのドイツ文学』日本独文学会研究叢書026、2004、p.66.

7　N.D.Bludilina, 'Zapadnoevropeiskoe prosveshchenie i russkie masony', in *Rossiia i Zapad : Gorizonty bzaimopoznaiia : Literaturnye istochiniki poslednei treti XVIII veka*, ed. by N.D.Bludilina, vypusk, 3 (Moskva: IMLI RAN, 2008), p.659.

8.　Monnier, p.531.

9　André Monnier, *Un Publiciste Frondeur sous Catherine II : Nicolas Novikov* (Paris: Institut d'études slaves, 1981), pp.236-237, pp.259-262.

10　佐藤研一「モスクワのJ.M.R. レンツ—知られざる作家活動の素描—」『18世紀ヨーロッパのなかのドイツ文学』日本独文学会研究叢書026、2004、p.41.

11　G.Lemann-Karli, 'Ia.M.P.Lents i N.M.Karamzin', trans. by N. Alekseeva, *XVIII vek*

(Sankt-Peterburg: Nauka, 1996), sbornik 20, p.149, pp.153-154.

12 Lemann-Karli, pp.149. 佐藤、pp.47-48.

13 佐藤、p.48.

14 水上、p.66.

15 R.Ju. Danilevskii, 'Lessing v russkoi literature XVIII veka', in *Epokha Prosveshcheniia: iz istorii mezhdunarodnykh sviazei russkoi literatury* (Leningrad: Nauka, 1967), p.300.

16 N.I.Mordovchenko, *Russkaia kritika pervoi chetverti XIX veka* (Moskva, Leningrad: Izd. Akademii Nauk, 1959), p.22.

17 Mordovchenko, p.22.

18 Mordovchenko, p.22.
Ju.M.Lotman, *Sotvorenie Karamzina* (Moskva: Kniga, 1987), p.45.

19 N.D.Kochetkova, 'Ideino-literaturnye pozitsii masonov 80-90-kh godov i N.M. Kamamzin', in *Russkaia literatura XVIII veka. Epokha Klassitsizma* (Leningrad: Nauka, 1964), p.196.
N.D.Kochetkova, *Literatura russkogo Sentimentalizma: Esteticheskie i khudozhestvennye iskaniia* (Sankt-Peterburg: Nauka, 1994), pp.29-30.
藤沼貴『近代ロシア文学の原点：ニコライ・カラムジン研究』、れんが書房、1997、p.159.

20 Raeff, *Origins*, p.165-166.
「心の復権」は、啓蒙の世紀の「時代精神」が強く欲求したもののひとつであり、この欲求は社会・文化活動の各所に表出し、さまざまな相乗効果をもたらした。例えば、ラエフはこの他、18 世紀後半のロシアにおける「心の文化」("culture of the heart") の需要と、それに応えるべくロシア国内で広範に普及したジャン・ロックとルソーの教育論を指摘している（Raeff, *Origins*, p.139)。また、文学史的な観点からも英独仏の文学的潮流の影響を無視することはできない。

21 Raeff, *Origins*, p.144.

22 N.M.Karamzin, *Pis'ma russkogo puteshestvennika*, ed. by Ju.M.Lotman, N.A.Marchenko, B.A.Uspenskii (Leningrad: Nauka, 1984), p.254.

23 Barskov, *Perepiska*, p.LXII, p.89. p.100.

24 杉山春子「ロシア文学の近代化とカラムジーンのアリマナフ」『窓』、ナウカ、第 97 号、1996、pp.2-9.

25 P.N.Berkov, *Istoriia russkoi zhurnalistiki XVIII veka* (Moskva, Leningrad: Izd. Akdemii Nauk, 1952), pp.521-522.

26 「ボルンホルム島」の哲学的側面を研究史上はじめて照射した論文として，杉山春子「カラムジーンの小説「ボルンホルム島」の解釈」(『ロシア語ロシア文学研究』第 28 号、1996、pp.1-18.）がある。また、藤沼氏は、当作品における「ロマンチシズムの無力化」ならびに、「カラムジーンは…自分の立場がロマンチシズムとは違うものであることをしめした…」と指摘する。（藤沼 p.476.）筆者もこれを支持する。

27 V.G.Belinskii, 'Stat'ia vtoraia', in *Polnoe sobranie sochinenii V.G.Belinskogo*, 13 vols (Moskva, Leningrad: Izd. Akdemii Nauk, 1953), VII, p.132. / 小沢政雄訳『プーシキン：近代ロシア文学の成立』、光和堂、1987、p.57.

28 Belinskii, p.132.『プーシキン：近代ロシア文学の成立』、p.57.

その他の参考文献：

Vernadskii G.V., *Russoe masonstvo v tsarstvovanii Ekateriny II* (Petrograd: Tip. Akts. O-va tipogr. dela, 1917; repr. Düsserdorf: Brücken-Verlag, 1970)

Vernadskii,G.V., *Russoe masonstvo v tsarstvovanie Ekateriny II*, 2nd edn, rev. by M.V.Reizin, A.I.Serkov (S.Peterburg: Izd. imeni N.I.Novikova, 1999)

佐藤研一『劇作家 J.M.R. レンツの研究』、未来社、2002

— 33 —

VII.

НѢЧТО О НАУКАХЪ, ИСКУССТВАХЪ И ПРОСВѢЩЕНІИ.

Que les Muſes, les arts & la philoſophie
Paſſent d'un peuple à l'autre & conſolent la vie!
St. Lambert.

Былъ человѣкъ — и человѣкъ великой, незабвенной въ лѣтописяхъ Философіи, въ исторіи людей — былъ человѣкъ, которой со всѣмъ блескомъ краснорѣчія доказывалъ, что просвѣщеніе для насъ вредно, и что Науки несовмѣстны съ добродѣтелію!

Я чту великія твои дарованія, краснорѣчивой Руссо! Уважаю истины, открытыя тобою современникамъ и потомству (*) — истины, отнынѣ незагладимыя на дскахъ нашего познанія — люблю тебя за доброе твое сердце, за любовь твою къ человѣчеству;

В

(*) Я говорю о тѣхъ моральныхъ истинахъ, которыя Руссо открываетъ намъ въ своемъ Эмилѣ.

『アグラーヤ』第１巻、第２版（1796 年）33 頁。
『学問、芸術および啓蒙について』の最初のページ。
下段に、ルソーの『エミール』に言及した脚注がある。

あとがき

ロシア文学のフィールドでは、原典と異本テクスト、および作品に関する専門研究の成果である注釈や学説が一冊の本にまとめられた「合注・異文本」、ヨーロッパの文献学においては当然のこととされる 'variorum edition'（「異文、異版集」ともいわれる）が、ほとんどみあたらない。それどころか、18 世紀ロシア文学のフィールドともなるとフランス文学でのプレイヤッド叢書、あるいはイギリス文学でのシェイクスピア全集に匹敵する、厳密な意味で信頼のおける「合注・異文本」も、「定本」も未だにない。普段、私はカラムジーン自身の出版によるテクストを原典としてカラムジーンの作品を読むが、カラムジーン研究を専門としないロシア文学者や一般の読者はロシアで出版された定本を受け入れざるおえないのである。かつて、私は自分なりのカラムジーン論を世に送り出したときに、読者と私の間に立ちはだかった「壁」の存在 — ソ連版のカラムジーンのテクストと私の拠り所とするそれとのギャップに起因するのだが — に困惑したことがある。

こうした事情を故小野理子先生に話す機会があり、「それなら、あなたが本を出しなさい」といつもの京都弁できっぱりおっしゃったことが、私の背中を押してくれた。私は、18 世紀ロシア文学・思想の根幹をなすテクスト『学問、芸術および啓蒙について』の注釈つき異文体とソ連製定本の考訂を考えていたのだった。日本 18 世紀学会で「ロシアにおけるルソーの『学問芸術論』—カラムジーンを中心に」という学会発表をして数ヶ月後のことだったと思う。故小野理子先生は国際的にも活躍された「女性の学究」の鏡であり、今後も筆者の心のなかで生きつづけることだろう。

本書のような「考訂定本・翻訳・原典批評」を単独執筆でなんとかやり遂げることができたのは、驚嘆すべき博識と深い見通しをもって私を御教導くださった故木村彰一先生から、廉直さを尊重する学風と原典主義の批評精神を学生時代にじっくり学ばせていただいたおかげである。故木村彰一先生が良しとしたこれらのことはフランスのスラヴ学の伝統にも通じていて、ソルボンヌ大学やパリ・スラヴ研究所にてさらなる修養を積むことができたのは、この偉大な師のおかげである。

結局、本書が出来上がるまでに数年を要したが、私の仕事を親身に見守ってくださった畏敬の師、故藤沼貴先生にはどれほどお励ましいただいたことだろうか。浦井康男先生にはたびたび率直なご意見を聞かせていただいたほかに、文献関連のことまで大変お世話になり厚く御礼申しあげたい。翻訳にあたっては、カラムジーンのテクストが古典古代から近代ヨーロッパの広域文化圏を闊歩し、私の専門領域をはるかに越えることもあった。私の質問に常に快く丁寧に応じてくださった、萩原芳子氏、豊川浩一氏、古山夕城氏、秋山千恵氏、岡本和子氏、佐藤研一氏、そして南大路振一先生に心から御礼申しあげる。この本邦初訳に不備があっても、すべて私の負うところである。また、私が今日まで学究としての道を歩んで来ることができたのはさまざまな国籍のたくさんの方々の善意の賜物であることに、常に感謝の念を忘れてはならないと思う。

最後になるが、日本でカラムジーンの 'variorum edition' に類する本を出版するという私の発想と熱意に理解を示し、これを具体化してくださったナウカ出版の宮本立江氏と紙谷直機氏に敬意と感謝を表させていただく。この種の出版については、すでにフランスで、フォンヴィージンの『フランスからの手紙』がなされており、ロシアで出版された定本の不備を十分に補うものである。このたびの本書の出版がそのような役割を果たすことを願いたい。

2016年11月　　杉山　春子

杉 山 春 子（すぎやま　はるこ）
明治大学文学部非常勤講師
上智大学外国語学部卒業。早稲田大学大学院文学研究科修士課程修了。パリ第4・ソルボンヌ大学博士課程単位取得満期修了、博士候補資格取得、第3課程博士資格取得。パリ・スラヴ研究所、ムードン・ロシア研究所においても研鑽を積む。
小沢政雄、森俊一、A. アキーシナ、木村彰一、藤沼貴、小野理子、A. シニャフスキー、J. ボンアムール、A. モニエに師事。
主要論文『プーシキンの物語詩「ジプシー」のパロディ性』、『カラムジーンの小説「ボルンホルム島」の解釈』（日本ロシア文学会優秀報告賞）ほか。
エッセイ『フランスのなかのロシア点描』、『文人・ジャーナリスト、カラムジーン』ほか。

N. M. カラムジーン
学問、芸術および啓蒙について
― 考訂定本・翻訳・原典批評 ―

定価（本体 2,400 円 + 税）

2016 年 11 月 25 日 初版第 1 刷発行

編著者　杉 山 春 子
発行者　紙 谷 直 機
発行所　株式会社ナウカ出版
〒 354-0024 埼玉県富士見市鶴瀬東 2-18-32, 2-108
Tel & Fax 049-293-5565
URL: http://www.naukapub.jp
Email: kniga@naukapub.jp
印刷所　七月堂

© Haruko Sugiyama, 2016
Printed in Japan
ISBN978-4-904059-91-3　C3010　¥2400E

無断複製および無断転載禁止